DIEBUJI

# 蹀步集

黎晗 著

贵州出版集团
贵州人民出版社

图书在版编目（CIP）数据

踱步集 / 黎晗著. -- 贵阳 : 贵州人民出版社,
2025. 6. -- ISBN 978-7-221-18761-1

Ⅰ. I267

中国国家版本馆CIP数据核字第2024LP3105号

DIEBUJI

# 踱步集

黎 晗 / 著

| 出 版 人 | 朱文迅 |
|---|---|
| 特约编辑 | 黄 冰 |
| 策划编辑 | 张 黎 |
| 责任编辑 | 张 娜 |
| 封面设计 | 黄 冰 |
| 版式设计 | 王丹丽 |
| 责任印制 | 黄红梅 |

| 出版发行 | 贵州出版集团 贵州人民出版社 |
|---|---|
| 地　　址 | 贵阳市观山湖区会展东路SOHO办公区A座 |
| 印　　刷 | 贵阳精彩数字印刷有限公司 |
| 版　　次 | 2025年6月第1版 |
| 印　　次 | 2025年6月第1次印刷 |
| 开　　本 | 889毫米×1194毫米　1/32 |
| 印　　张 | 9.25 |
| 字　　数 | 168千字 |
| 书　　号 | ISBN 978-7-221-18761-1 |
| 定　　价 | 58.00元 |

如发现图书印装质量问题，请与印刷厂联系调换；版权所有，翻版必究；未经许可，不得转载。

# 目录

## 一辑

浮想与碎屑 /002

长短句 /016

豆鬼、黑暗佛及其他 /025

赤脚走在苔藓上 /033

新疆三则 /046

谁在谁的界外 /053

嗑瓜子的时候不朗诵 /061

余温 /069

日复一日 /084

邻虚尘 /113

秋香楼外 /128

## 二辑

一个小孩的阅读史 /148

情迷"豆腐块" /153

日常的神 /156

无聊 /159

虚年 /162

白发千丝拔不得 /167

故事不复杂，人心复杂 /170

别扭的人，总把头偏一边 /174

前天下午我拔了一个血罐 /176

兔子醒醒，说清楚再死 /179

我就是一条土狗 /184

"乍如谣白雪，犹恐是巴歌" /189

河岸絮语 /194

## 三辑

抵达远方的魔力 /218

这是内心显灵的时刻 /225

小兄弟 /228

繁花与野草的智慧 /231

水面倒映着青春的影子 /234

三个80后，两个90后 /239

就像轻轻吹拂的微风 /244

现实主义常胜 /248

想起诗人施清泉 /253

硬汉的文事 /259

即兴，不判断 /263

"老虎会游泳吗？" /268

尽天下之大观而无憾 /273

"后千百世待知音" /277

蹀步：三种，或者更多 /283

一辑

# 浮想与碎屑

## 比如湖泊，比如桃花

一个湖，很大，大到这个地方宣传旅游的部门敢对外面来的人吹嘘：这是福建最大的内陆湖。湖是很大，然而是不是福建最大，谁也没有用心查过。既然有人说是福建最大，那一定就是最大吧。好像从来也没人对此有过疑问。是谁第一个这样说的？好像就是我，我在这个地方的宣传机构呆了二十年，编写过数不清的这类宣传资料，有一天，信口开河就这样说了。为什么要这样说呢？又没有认真咨询过水利部门。我不知道，我真的忘了。二十年，足够让我把很多东西忘得一干二净。

也许有人会说，闽北有个大金湖，就比这个湖要大，而且大很多。然而大金湖并不是湖。大金湖看起来是湖，实际上是一座水库。大金湖不仅是水库，还是一项水电设施，至今还能源源不断地发电供电。很多年前,一个女孩曾经在大金湖发电站实习,她在那里给我写信,为我描述过大金湖的黄昏。黄昏和水容易让人动情,也许她原来并不想我,是轻轻荡漾的水波和渐渐浓重的黄昏拨动了她思念的琴弦……很多年后,我忽然想到,倘若真是这样,那水会不会思念水,黄昏会不会思念黄昏?

还是来说说这个湖吧。这个湖的面积,有一个数据,说是有几百公顷。编写这个地方的宣传材料时,经常要用到这个数字,可我老是给忘了。一个人,卖茶叶蛋的,收废纸的,爬山时拉我一把的,公车上我让过座的,见一面,第二回再见我能记起第一回见他的样子,可这个湖究竟是多少公顷,数字用了那么多次,怎么老是记不住呢?

妻子也记不住,尽管她一直把这湖当作是"她家的"。她的娘家就在湖畔,"我们的湖,"她老这样说,"我们小时候,中秋夜,荡着船,船头载着灯笼,从家旁边的小溪里,顺流就到了湖里。满湖的孩子,满湖的灯笼,满湖的中秋节……"说到湖边的童年,她总是好一阵激动。

当作她家的湖,却也记不住面积有多大。我编的那些资料,她从来不看,但是向朋友介绍这个湖时,又沿用了我的说法。"福建最大的内陆自然湖,"妻子挺拗口地说着,"大金湖是人工的,这个湖是自然的,是母亲河流经这片平原时形成的。"

几乎每年春天,天气一转暖,不是我,就是她,今年是孩子,总有人突然地提出来,一起去看看湖边的桃花开了没有。今年的花似乎比往年开得要艳,几百棵花木,在湖边的园子里,有的还是花骨朵,有的开得要谢了。孩子一阵欢呼,很快把相机拍得没了电。这才把眼珠子转了四处看,园子里忽然就多了很多人,其中一位居然还认识。"来游春?不是桃花啊,我们刚才就辩论过的,是梅花。"旁边一位同行者插了话,"桃花和梅花很容易混淆,它们同属一个科,但桃花和梅花还是有区别的……"孩子眨巴着眼睛在听,我走开了。

湖对岸的岛上,那个别墅区的房子已经盖出了模样。"还是原来的民房好,红砖红瓦,黄泥土墙,配上蓝天绿水,那才叫美。"妻子说。

"那你说是这个湖早,还是那个红砖房更早?"其实,我对那湖心岛别墅的憎恶一点不亚于她,可偏偏跟她抬起了杠,"湖早就在这里了,再早的红砖房,别说是清朝民国的,就是宋啊明的,也比湖要年轻。那时候的人要是认真起来,他们当然也会说,这盖的什么新房子啊,难看死了,跟湖,跟蓝天,跟绿水,多不搭啊!"

妻子不说话了。湖面的轻风吹来,吹动了她刚刚修剪过的刘海。

要怪也只能怪这个湖，为什么要这么大呀，大到让人老是记不住有多大；大到人家盖怎样的房子，都有人说难看；大到不引资开发，就是个荒湖，开发了，又那么光鲜那么簇新得让人难过。

那还有什么好说的呢？比如红砖房，比如中秋，比如桃花，比如黄昏和多年前远方的那封来信？

## 变色鱼

昨天宗枝到伯元家玩，隔着矮墙看到了，就喊他们过来喝茶。我一边叫他们坐，一边嘴里嚷嚷着，宗枝你送的大木头，自己还没坐过呢！

宗枝就坐了，在大木头对面，旁边是伯元。我在这边，左边是烧水壶，右边是一把空椅子。经常都这样的，置了四张藤椅，好像很少刚好坐满四个人，要么是两个三个，要么就一大堆。人多的时候，就从别的地方搬出别的颜色的椅子来，高低不同，材质各异，奇奇怪怪的，热闹到近乎混乱。

大木头却一直是沉重到呆板的样子。"当时搬它来时，费了多少气力啊。"宗枝听了，浅浅笑着。

茶出来时，已经谈到了别的事情：江口又有老房子要拆，宗枝原先看中几块大条石，没交代好，工人愚蠢，把那些明代的条石拦腰敲断了；两个柱础石，品相极好，至少是清中期的，价钱谈好了，一对六百，就等拆迁拆出来了交易，没想到当天晚上就丢了。谈到柱础石，我有些激动，说，我也是，宫口河好不容易来一对门枕石，绿豆青，雕工精到，人家出价也不高，当时却没有要下来。那天上班上到一半，伯元打电话叫，"石狮子，快来！"伯元总是这样咋呼。天冷，开了摩托车，急匆匆赶过去。那狮子笑眯眯的，看不出半点妖气。石头的东西，和别的老东西不一样，原先主人留下的气味气息，很容易就在风雨中消散尽了。那石雕狮子，直立，歪头，笑得俏皮，样子极其可爱。"你看，就是靠墙角白色的那只，石质是一般，但一点都不妖邪。"宗枝就起身去看它，看完学它表情嘻嘻笑了。伯元没起来，说，这只狮子啊，你已经说了无数遍，我耳朵都要变成石头了。

宗枝回到大木头跟前时，我又泡了一壶茶，边倒边续刚才的话。狮子的价钱很快谈好，伯元在叫三轮车，这时候，我看到了隔壁店里的那对门枕石。三轮车来，石狮子上车，没放稳，倒过来了，我的一个手指就受了伤。然后，就没了心情再谈那对门枕石。第二天去，别人，老板说是外地人买走了。

"没缘分啊。"我一声浩叹。

接着喝茶,又说了赖店的古玩,说年前我看到的一个宋代佛像。伯元说了东山的画界,宗枝说了夏天还得去景德镇做瓷器。然后,不知为什么,突然说到了养鱼的事。我又激动起来,说了这么多年来对花鱼姑的牵挂和念想。他们也激动起来,宗枝说几天前,他们隔壁村有口井,里头有只巴掌大的花鱼姑,隔着清澈的井水看得很清楚。尾巴这么长这么长,宗枝比画着。我听得站了起来。

"我都在调抽水机了,他妈的,那些鸟人,把井给填了!"

"别说了,听得人心都要碎了!"伯元本也站起,又颓然坐下了。

三个人就都沉默了下来。

宗枝却又说:"花鱼姑是变色鱼,我们小时候用玻璃瓶养,养着养着,原来花色那么漂亮,到最后都变成了白皮鱼。"

原来这样啊,我还以为是晒太阳晒掉色的。

说到这儿,大家就都没什么话了。宗枝和伯元就起身告别,翻过矮墙,去了伯元家。

我上班去了,不知道后来我不在的时候,他们又说了些什么。

## 持刀向己

韩修的故事，小时候在老家围庄听到。说是一个叫韩修的人，他拿了一把刀在路上走，拿着拿着，别扭了起来。拿，应该是个随意的动作，就是随便握着、抓着、拎着的样子。刀，可能是镰刀、柴刀、菜刀之类农村常见的用具。——韩修拿了一把刀在路上走，走着走着突然觉得别扭，怎么拿都不顺手，就换了只手，举着。

本来拿着忘记了刀刃，现在举着，刀刃便被突出了。"刃会伤人，刃有杀气啊。"韩修越想越焦灼，"刃朝上，伤天；刃朝下，伤地；刃朝外，伤人。"怎么办？只好将锋利的刀锋，不偏不倚，对准了自己。

"真是一个大傻瓜啊。"村里的人都这样说他。

听这个故事时，我还小，小到虽然跟着大人笑，却并不知道他们在笑什么。但是，一个人举着刀走，那样战战兢兢地把刀刃对准自己，这样的故事，谁听过都忘不了。

战战兢兢举着刀，把刀刃对准自己，在本来宽阔的路上走得慌张，这样的事，多少人现在不正做着吗？

为什么不把刀扔进草丛，既然如此慌张，别扭，忧心忡忡？是怕刀突然反弹回来，伤了自己？怕丢了刀，下一回割稻砍柴杀猪没有工具？还是怕别人拣着了，举在手里也一样难受？或者干脆就是出于一种喜欢，没了这种自寻烦恼会更烦恼，少了这份自我折磨会更痛苦？

这样胡思乱想着，仿佛当年韩修手中的那把刀，直通通已经塞到了我的手中来。

## 丢　了

不知道为什么，老是觉得有一大把稿子丢了。一页四百字的淡绿色方格纸，黑色圆珠笔，三四个系列，六七万字。——都是在恍惚间猛然想起的：长途车晃了一下，双眼疲惫张开，前座的女人一头乱发披挂在椅背上；半夜在床头看书，翻过一页，没翻好，又翻了回去；早晨刷牙牙龈出血，吐出来的泡沫红白相间……——这时候，没来由地就一阵揪心，六七万字啊，到底丢在哪了？明明是有过的：草色在阳光下闪闪发光；乡间小戏台上夕照温暖；油光发亮的条石上，躺着一只绿眼睛螳螂；一双布拖鞋，女主人刚刚让出来，少年穿上一只，再穿上另一只，他的脸偷偷红了……

回过神来，好一阵沮丧：没有。没有四百字方格纸，没有朋友从日本带回的黑色圆珠笔，没有女人脚底不经意留下的动人心魄的温热……什么也没有，什么都没有。尽管在梦里，在类似做梦的走神时光，无数次地认定，就是有，有六七万字，最少六万，厚厚一大叠，明明写着的，翻开一页还有一页，一页连着一页，多到要用一个大木夹子夹着。三十年前，年轻时候，在老家围庄，就那样写着，从午后写到天黑，从黄昏写到黎明。黑色的圆珠笔出水顺畅，笔迹的黑可以从黄昏的雾霭中清晰地浮现出来。黑色圆珠笔，他们从日本带回来的。他们从日本写信来，"要我带什么呢？""什么都不要，就要圆珠笔，我还写着呢！"笔芯用光了，又一个朋友回来。又用光了，就有了一页页长长的文字。最后一个朋友回来时，刚好不写了，刚好离开了厮守多年的围庄。

现在，却又如此清晰地明白，没有，根本没有那些文字。是有过从日本回来的朋友，是有过大方格稿纸，是有过寥落的一些文字，但是，并没有那六七万字。

这是为什么呢？未曾发生的过往，却虚妄地认为有过。不死心，不甘愿，那就相信真的有过吧。丢了就丢了，多六万字又如何，少七万字又如何？为什么要反复牵缠不愿舍弃？除了那些真假莫辨的文字，究竟还有多少记忆，被我自己刻意隐瞒了？

跟她提起这些，颠三倒四的，一会儿言之凿凿，一会儿又纠纠结结。她临走前叹了一口气：你呀你，终究还是放不下。

## 眼镜隐喻

晚饭后，跟老婆说，"年前不是说，搬家后，忙过这个年，要帮我去配眼镜吗？"

"好吧，既然这样，配副好的。"

既然这样？既然怎样？为什么非得要好的？没说出口，心底却这样嘀咕着。

好的要一千多，镜架六百，镜片六百，打了折一千。胡说八道！但没有骂出来，只是在心底发狠。在柜子前走来走去反反复复地挑，满桌面的眼镜，好像一万双眼睛。一万双又怎么啦，一万双眼睛不也都戴着眼镜吗？

终于挑了一款。打了折三百不到。等候磨镜片时，突然一个戴眼镜的在店门口叫，"谁的摩托！谁的摩托！"以为是说别人，侧目而视，他手指的，却是我的摩托。站在门口问，"怎么了？""推开一下，我的车要往前。""不是可以过去吗？""你不推开，我过不去。""你为什么要过去？""后面，后面人家要烧香。"

突然就火了。"你命令我？开个破工具车这么嚣张！"

眼镜后面的眼睛没了光芒。"帮个忙。"

"年轻人，不要以为别人没年轻过！"说着还是把自己的摩托推开了。说什么呢，自己都听不明白。

那个年轻人把工具车停好，在店门口站了站，最后还是进了眼镜店。他会配一副怎样的眼镜呢，三百，一千，还是三千的？

鞭炮声响了，整条街闹起了元宵。

带着新眼镜回到家，女儿已经做好作业在收拾书包。

"爸爸过来，让我看看你的新眼镜。"

"还行。"她说。

第二天，她们上学的上学，上班的上班，都早早走了。等到自己要出门了，犹豫不决起来。最后还是戴上了旧眼镜。口袋里装着的，是昨晚新配的打完折三百的新眼镜。

忘记了那天回家时，戴的是新的还是旧的眼镜。

## M教授和一杯酒

想到M教授，忽然有些难过。

过年，元宵，一直想着要给他打个电话问好，但一直没打，短信也没发。他的手机号码存在旧手机里，真的要跟他联系，我得关了这部手机，取出卡，再插到旧手机里去找。其实也就是一两分钟的事，但一直没做。

并非可做可不做的事，是想着要做的，却一直没有做。躲避，拖延，迟滞，却放不下，忘不了。放不下，忘不了，却一直不去做。日子一天天过去，眼见着春节过了，风变暖了，春天都要来了，还是没有主动联系他。我知道，我是害怕跟他面对面，哪怕是电话。短信？不不，这是对他的不敬。

然而短信都不发，他终归会记挂、会计较的。因为，曾经，他那么看重我。

M教授不是第一个为我写评论、公开肯定我的专家。但他是博导、教授中对我不吝赞誉的第一人。他甚至把我的散文列为研究生面试的题目，甚至把研究我的作品作为学生的暑期作业。这样的长者，这样的忘年之交，目前不会超过三个。我曾经跟别人吹嘘，如果M教授手中有权，如果他是大学校长，一定会招我到他的学校做教授。这样吹嘘时，居然一点都没发觉自己是多么狂妄。

我伤透了他的心，M教授一定对我彻底失望了。

仅仅是因为那一杯酒吗？那回，M教授来这里，他每回来，我都要作陪的。但那天是别人做的东，别人并没有喊我到场。等到他们吃啊喝啊到夜里十点钟的时候，主人中的一位才想到喊我。我赶了过去。M教授已经喝得很高。M教授不开心,他责怪我的迟到,罚我自饮三杯请罪。我喝了,然而他并未就此罢休,还要让我再罚一杯。我略有停顿,M教授终于说出了嘲讽之语。我把再次举起的酒杯放下了。M教授翻了脸。我也翻了脸。朋友们围过来劝,M教授息了怒,过来跟我碰杯,我们在朋友们的掌声中热情拥抱……过一阵子,再打电话给他,电话那头的M教授已经没了以往的热情。再过一阵子,我换新手机,因为不熟悉通讯录搬家的办法,把包括M教授在内的一些朋友留在了旧手机里。

是我太较真了。为什么就不能让远道而来的M教授,在他不开心的时候骂我训我嘲讽我,借发酒疯而有所宣泄?他是M教授啊,是最爱我的长辈啊,就装一次傻,哄哄他,让他乐一乐,这件事于我真的就那么难?如果换作是领导、顶头上司,我也会放下杯子,拉下脸?

不知道自己当时为什么不能自控。是因为我敏感的心灵从来都不能忍受委屈?是因为M教授当时的措辞过于尖刻?是因为那夜的M教授与往日所敬重的那个长者迥然不同?还是因为离开书斋的M教授和我,已经变成了另外一种关系,而M教授和我都没有意识到这种变化,彼此都用了老关系中的逻辑来要求对方?是的,也许是这样的,在我眼里,M教授是最懂得尊严价值的人，因为他懂，我才在乎……

  M教授，一个多么可爱的教授，一个多么值得敬重的老师，我竟因为一杯负气一般的酒，就这样远离了他？和此后一次又一次的困惑、遗憾、后悔、反省，乃至犹疑、矛盾相比，当时瞬间的委屈，自我夸大的人格轻视，真的就那么重要？

  为什么要跟自己最敬重的M教授较真啊，我这是怎么了？

# 长短句

鱼儿也有发呆的时候。

隔着水波,望着岸边那个寂寞的人,她问自己:"那是我前世不辞而别,今生归来还愿的爱人吗?"或者,"将来我得道,上岸,进化为人,也会像他那样留着让人讨厌的胡须吗?"

犯傻,发呆,走神。有时候是同一种表情,有时候是三个人坐在一起时的不同样子。

那么问题来了:他们是谁,为什么要坐在一起?

宋朝的一张古画,背面写着:今日余侍君,他日谁侍余?

一定是宋朝人写的。现代人没心思写这个,他们早揣着古画到拍卖行签合同去了。

动物的可爱在于：只要活着，从来不肚皮朝天。人不可爱，明明活着，却把丑陋的肚皮不断朝向天空。

然而我盼望看到奇迹发生：一只鸟儿肚皮朝天飞翔。

已经很久没看到新娘脸上羞涩的表情了，很久很久了。

当然，我也很久很久没结婚了。

研讨会上最后一个发言的人是不可爱的，第一个也不可爱。

谁最可爱？

我不知道。我也不可爱。也许是倒完茶躲在走廊玩微信的服务员，也许是缺席的那位。

笔录做到一半，嫌犯生气了：这事也不能全怪我，难道给个六千他会死？偏偏只答应给五千九，难道他的命只值一百！

说得也是哦。年轻的警察差点笑出声来。

老警察没笑，骂道：难道你的命也才值一百，知道什么叫分寸感吗？笨！

井水不可能不犯河水。河水也是。除非水源死绝，彻底断流。在此之前,井对河,河对井,怎么发誓我们都不能当真。

轻功、吉他、呼哨,我少年时代向往而不可得的三项本领。
现在,我只求睡觉不打呼噜。

婚纱和圣诞树的美丽时限为一个夜晚。
比牵牛花要短得多。

和李白做同学,想想也挺郁闷的。如果他保研,我只好大一就实习去。
可导师最后还是把我留下了。
我还是郁闷。最好的结果是,李白做我的导师,原来的导师实习去。
我是李白的导师也不错。

马儿在寒风中打了一个响鼻。豹子从草地上一跃而起。脑海里突然浮现出你的脸。为什么这些原来美丽的瞬间,现在想来却如此悲伤?

发邮件问三千年前的远房表亲（传说他是一个爱花如命的人）：是先有一种花叫"菊花"，还是先有一个让你思念的女人叫"菊"？梅花呢，兰花呢，桂花呢？

他回复：它们原来叫"区块链"，后来大家觉得拗口，就统一改为"草"。至于何时改为"花"，就不关老夫的事了。

考你一个问题，笛子有几个孔？

如果不到十个，十根手指里多出的用来做什么？

在我家乡流水围庄，笛子不叫笛子，叫"飘笛"，好听极了。

男人做兄弟是从交流各自外遇、艳遇的故事开始的。

女人做姐妹是从控诉自己男人外遇、艳遇的事故开始的。

男人和女人做兄妹姐弟呢？

"既然是逢赌必输，为何还不趁早收手？"

"说是这么说，可是人家已经租了地方，办了执照，何况三缺一，怎么好意思扫大家的兴呢！"

从前，一个女人爱一个男人，就会为他打一件毛衣。一针一线密密缝，缝进去的都是女儿家细细的心思。让人感动的就是这份心思啊，两边袖子不一般长也没注意到。

现在，这项手艺失传了。如果我奶奶还在世，也许她会成为非物质文化传承人。可惜呀，我把她打给我的眼镜套弄丢了。

冰箱在半夜里呻吟……我知道那不是机器的震动，是傍晚剁下的那块肉，它在喊：痛，好痛，爱可以被冷却，痛永远不会消失。

是的，我懂。亲爱的，这种感觉，我在一杯隔夜茶和你的眼神里都曾看到。

窗外，人家的墙角，自己家的露台上，更远处的沟渠边，不是有那么多的花草吗，那么绿，那么鲜美，那么茂盛，抬头低头都看得见的……可是为什么还要在屋子里盆栽小花呢？瓶子里也有，插的是刚才散步时采的野花。何必如此麻烦啊？

归属感？占有欲？非得要离你三尺近才好，三尺近了却经常忘记浇水剪枝。

可是，唯有这样才是"我的花"呢，"我的花"落叶了，"我的花"枯死了,"我的花"上了朋友圈。呀,原来不是我的错,你看原野上的花,叶子也都掉光了。

谁听我讲这个呢?

秋天如此漫长。

三种女人最可爱:未嫁未为人母的幼儿园老师,爱扮鬼脸的老太太,用橡皮筋绑头发的少妇。

三种男人不可爱:矮个武师,瘦子厨师,背台词的脸上有麻子的导游。

爱恨情仇,最值记挂的当然是爱。恨、情、仇,皆由它起。有时候,很多人,终生奋发图强,图名,图利,图做人中豪杰,人上人,最上面的王,无非就是要挽回"爱"曾经让他丢过的脸。这个脸面要回来了,恨也消了,仇也报了,当然,情是回不来了。爱呢,顶多就是睡梦中流出的口涎,顺着下巴淌下来,冰凉。

所以,墓志铭上什么秘密都不泄露。某人,某地人,生于某年,卒于某月,如此而已。官位倒都记得。

爱呢?全世界的墓碑,没有一个刻着:我,某某,曾经爱过某某。

那爱呀,曾经多么惊天动地。

关于墓碑，再说几句：

倒是有生者对死者表的态——爱妻某某之位，某年某月某日立。

死者的遗嘱里没有"爱"字，所谓遗嘱，说的都是钱财。

然而，生者的表态是给死者的吗？

我从陵园走过，以为都是说给我听的。

古人为什么都忧心忡忡呢？我本来和今人一样整天乐呵呵的，每当念及于此，就变得忧心忡忡了起来。

"匠气"一词与木匠、石匠、泥水匠有关。现在没有了木匠、石匠、泥水匠，只有木工、石工、泥水工。所以现在连"匠气"都见不到了，随处可见，唯有"工气"。

你说我不要"倚老卖老"，那是要我"倚老卖萌"吗？既然交了租金开了店，总要卖点什么吧？

寒冷的夜里，我把双手搓热，在手机上给你发去一声问候。

但愿你不要觉得我是在讲冷笑话。

我不懂你。你也不懂我。我不懂你的不懂我。你也不懂我的不懂你。

你懂的。

假如给我三天光明，我会幸福地闭紧双眼。

怎么就觉得"顺其自然"里藏着一种悻悻然、不甘愿和酸溜溜啊。

一往情深？好！
二往呢，三往呢，再往呢，一直往呢？
再说了，跑来跑去总要花路费的。

我倒不担心他唯利是图，我担心的是他"无利是图"。当然，"唯图是图"更需要提防。

关关雎鸠，在河之洲。雎鸠不见了，洲还在，盖起了水岸别墅。
窈窕淑女，君子好逑。淑女依然窈窕，登上房产广告。君子好逑，依然求不到。

求不到才有诗。三千年后，洲一定还在，君子还会求淑女，那时候可能就求到了。

忽然想起，雎鸠六千年前就飞走了。

欲穷千里目，更上一层楼。一层算一层的钱，越高越贵，行话叫"层次差"。

依山而尽的白日，入海而流的河水，看得到的地方都要加钱，也是全国行情，叫"朝向差"。

合同里写得明明白白的。

古琴录音，搭飞船升天。到天庭，放出来，无人应和。

宇航员写报告：一，宇宙大到无边，古琴无知音是空间原因。二，再次证明，别的星球不存在生命迹象。三，人死了灵魂要么消失，要么入地，而不是早先说的升天。

音箱里放出来的古琴声真的是古代的琴声吗？

我有疑惑的还有：佛教音乐、草书、写意画、太极拳以及红红绿绿的唐装。

# 豆鬼、黑暗佛及其他

明郑二阳著小品文《烈豆》，曰："煮绿豆中往往有煮之不烂者，人皆名为烈豆，亦曰铁豆，其名甚佳。"这种豆我认识，小时候喝绿豆汤，狼吞虎咽的，碗快举到了额头。奶奶就提醒我们，慢慢吃，细细嚼，小心汤中有"豆鬼"。我们乖，听奶奶的话，舌尖时刻保持着警惕。少顷，果真于一团柔软中发现一物坚硬如小石子，圆滑赛玻璃珠。急忙一步步半哄半骗到嘴角，猛地一赶，掉落掌中，黑油油的泛着贼光。用力掷于地上，叮当有声，扮个鬼脸，一跳一跳滚走了。

"豆鬼"一名，比之"烈豆""铁豆"，我认为"其名尤佳"。

家里来了一只老鼠，很讨厌。我们想了很多办法：恐吓，驱赶，下套，放毒，都奈何不了它。

老父亲就说，捕老鼠要有耐心。以前在乡下，老鼠雅号"倒壁佛"，说是老鼠躲在洞里的时候，是贴着墙坐着的，两只前爪托住下巴，像尊佛一样。"它在琢磨呢，人要下药了，要放老鼠笼子了。人会把药下在哪里呢，会把笼子摆在哪里呢……你一天两天没法让它上钩的。"

我听了觉得好玩，据此写了一篇小说，标题是《黑暗佛》。

我们家的老鼠呢？后来好像走了。为什么不留下呢？躲在我们家某个看不见的暗处时，它到底想了些什么？

某日，于露台翻书，抽烟，饮茶，给远方的朋友发短信。至半夜，忽觉四下里一片空廓，夜无声凝重……忽然，雨点一滴坠落茶杯之中，掀起了一朵巨浪。

雨点提醒了我：刚才，巨大的一片星空就在我头顶呀。

我抬头仰望，星空瞬间收起它等候了一个夜晚的灿烂。

第一次住星级酒店，临睡前看见床头柜上摆着一个小记事本。褐红色的皮子底板，夹着几张雪白的便用签，右上角用蓝色小字印着酒店的标志。底板右侧的一个圆扣上，穿着一根削好笔头的铅笔，笔尖瘦削而温和。一片温暖感顿时涌上了心头。

以后每回住酒店，都会对着那些小记事本看上老半天，但从未在雪白的纸上留下一个字。

以后每回看见妻子为女儿削铅笔，心头就会涌上同样的温暖感，但我从未代替她做过这件事。

二十岁，我当上了中学老师。接的是初一新生，两个月前，他们还是小学生。看过他们的学籍卡，大多是1976年出生的。

以后遇见所有1976年以后出生的年轻人，我都会把他们当成孩子。在我眼里，1976年和1986年出生的孩子，他们一样大。

1996年的比他们小，这一年我的女儿出生了。

汪曾祺著《我的老师沈从文》，曰：沈先生喜欢在书上做题记，一本书上题着"某月日，见一大胖女人从桥上过，心中十分难过"。

汪自谦，说老师那样写，他"不知所谓"。

我自负，斗胆说我"知其所谓"。我是个瘦子，能理解"大胖女人"过桥为何让沈从文难过。

要是我这样的"瘦小男人"过桥呢，谁会为我难过？

林松敏喜欢收藏石雕狮子。林松敏三十岁不到，为什么如此痴迷于收藏呢？"我也不知道啊，就是喜欢。"林松敏胖胖笑着，露出一口白白的牙齿。

有一回，林松敏告诉我，他收到一只宋代石狮子，每逢天阴欲雨，那只狮子的一只眼睛里就会聚满水珠。

我说，真是神奇呀，你知道吗，狮子是通佛的，佛家故事说，佛陀乃人中狮子，狮子是佛祖的护法。

是吗？林松敏满脸惊讶。

过一阵子，我把林松敏那只眼睛滴水的狮子写进文章里。我虚构了一个情节，主人要把那只狮子卖给外国人，狮子两只眼睛里都是水。

文章的标题是《宋朝的眼泪》。林松敏看到了，发来短信：狮子不流泪了，但我哭了。


马力喜欢养鸟，尤喜画眉。他说，画眉叫的声音好听，清脆。

他又说，画眉擅斗。一个鸟笼里，只能养雌雄一对，多一只雄的，会打破头。

我问，多一只雌的呢？

"也斗。"

我听了呵呵一笑。

马力又说，我养的画眉都是从自然界捕来的。画眉擅斗，各有各的地盘，用"鸟奸"引诱，这边一叫，那边就来宣战，很好捉的。

"不过，我一般去山区捕鸟，郊区的不行，捉来了也没战斗力。"

"叫声呢，有什么区别？"我问。

"呵呵，倒是城里和郊区的好听，山里的脆是脆，但'尖脆'，吵死人了。"

突然地，有些旧事片段从日常的琐碎中跳了出来，闪一闪，消失了。就像鱼群青色的背脊在水光中一掠而过，水面瞬间又归于平静。鱼儿来的时候成群结队，散开时，谁都不顾谁，都把身子绷得紧紧的，当自己是一支箭，发狂一般射了开去。

掉队的那一条，尾巴轻轻摆动，像被悄悄拨动的古琴的弦，把水波喑哑地带向了水的深处。

木心说，"从未见有一只鹰飞下来蹲在地上看蚂蚁搬家。"

苍鹰说，"老木者，知己也。天空多大呀，看欧亚大陆跟一只蚂蚁似的。"

木心听了不高兴，批评道，"过了过了，我说的是蚂蚁，欧亚大陆到月球上看还是欧亚大陆。"

苍鹰听了不服气，争辩道，"老木天文知识好差劲。"

木心直摇头，疯了疯了，谁都不经夸，无非是顺手拈来说个事，它却当了真。

苍鹰看木心皱眉头，拍拍翅膀飞走了。边飞还边不开心，嘀咕着，老木爱听阿谀奉承之语，境界终归不高。

蚂蚁憋了老半天的气，终于开口了，"谁要你们看呢！别以为飞得高了不起，有本事你一辈子都不要下来，有本事你飞到月球上去安家。还有，你个木心老头，你以为我们搬家会请你来喝喜酒？想得美！"


街头路灯底下，一个女人支了一张小桌子推销盒装牛奶。她的牛奶是新牌子，没什么名气，所以生意清淡。人家走过她的摊前，看一眼她的牛奶，看一眼她，就走开了。老人出来散步，会在她的摊前多待一会儿。有的还拿出老花镜，打开，戴上，抓一盒牛奶，对着刚刚亮起的路灯，细细端详一番，间或问她几句话。但是最后，老人还是把牛奶放下了，手里拿着老花镜，摇摇头走了开去。而她，从头到尾，一直都微微笑着。她笑起来有一对小酒窝，我看见了这一幕，觉得她的笑真是太美了。

她的街头推销工作进行了大约有一周。那一周里,我每天晚饭后都会走过那条街去看她。每天每次,对每个人,光临她摊位的,走过瞥上一眼的,她都微微笑着。

一周过去了,那盏路灯底下,不见了她的推销摊子。此后,我无数次地走过这条街,从未再见到微微笑着的她。

我的心里有了一种盼望,我想见到不做推销工作的她,是不是也有一张甜美的笑容。

在我老家围庄,至今对一些动植物的出让还是守着这样的规矩:求花买猫偷捉狗。小猫儿必须拿钱买,狗崽要背着母狗偷偷抱走,但要是主人不愿意,你再喜欢也偷不走。只有对花木比较慷慨,只要你开口,人家开得再盛的花儿都肯摘下送你插头上。而且你要真的喜欢,他们还愿意为你在春天对自家的花木嫁接分根。

女儿上了小学五年级,写了一些得分不低的周记,也说了一些挺有意思的话。有一回,她在一篇周记中写到冬天黄昏吃茶叶蛋的事,她说,"买一个茶叶蛋,暖暖地握在手里。"这"暖暖"二字实在是好。

几天前的一个梦：一个疯子身体倒挂在公交车停靠亭上。他的上衣向下翻披，一把黑色的钢笔掉了出来。

不知道为什么会有这样的梦境。看起来像是某个时代的隐喻。

一件外套，样式挺特别的。穿了好几年，几乎是每年冬天都穿。现在旧了，旧到做工作服都不好意思。决定扔掉它，出门前，妻子给了一把剪刀。

"等等，绞几个大口子。不然谁捡到了穿起来，我见了会疯掉。"

一天黄昏，倚门远望时，小狗悄无声息过来了。舔了一下我的拖鞋，我下意识地顶开了。它居然很识趣地就跑走了。对它突然就有了好感：竟然嗅出了我心情的味道，人都做不到的事，它居然做到了。

说给朋友听，朋友呵呵一笑，"这是狗作为狗的天赋，不然我们为什么不养一头猪来玩？"

听他这么说，突然觉得好一阵沮丧。

# 赤脚走在苔藓上

## 苔 藓

赤脚走在苔藓上。王维做到了。

后世的人，穿老北京布鞋也做不到。

## 梦不是梦

久不做梦不可怕，可怕的是，每个梦都那么现实。

昨晚突然梦见你，那么清晰，连同你左边脸颊上的七粒雀斑。

## 谁是谁

"真是对不起,我知道你是谁,可叫不出你的名字。"

"说对不起的应该是我,我叫得出你的名字,可我不知道你是谁。"

## 花　生

我喜欢这样的名字:大麦,小麦,稻子,香菇,番薯,芋头,花生……尽管花生并不是花生出来的。

## 古　训

"学我者死。"

其实,你学别人,他更不高兴。

"三人行,必有我师焉。"

你们俩别误会,我不是自谦,我是说给你们听的。

## 拥 抱

现在,可以拥抱你了吗?

还有,稍后请你先行一步,我想拥抱一下风。

## 青 蛙

雨过天晴,没有雨了。

还有什么?青蛙出来了。

## 出 声

真奇怪,居然没人吹口哨了。

我也不吹了,怕你说我又在叹息。

## 微 笑

很甜,很美,很单纯。可惜是一种服务。

她叫刘敏娜,大学刚毕业,学的是园艺,现在是一家银行的前台接待。

## 鼾声如雷

午夜时分,他比白昼更清醒。

我敢断定,一分钟后,他将鼾声如雷。

## 比喻手法

有没有一种新的比喻手法,关于星星,月亮,背影,刘海,山间溪流,隐身的权杖?

没有,它们本身就是喻体。

旧的典籍里怎么说?

## 错

翻遍旧书,灰尘粘了一手,看不见一个认错的字眼。

没有吗?不是也有"错错错,莫莫莫"吗?

那不算,那是怨恨。

## 八百年

宋人和今人一样吗?

我在网络上读宋词,十分高兴遇见了八百年前的自己。

## 假 如

假如时光能够倒流,你最想变成什么?

那还用说,当然是时光了。

## 背 叛

你直冲过来,把我撞个正着。

哎呀,神经病,我正从那里出来呢。

## 再说背叛

我不是不原谅你的背叛,是不原谅你对你自己的背叛。

更不能原谅的是,你一经背叛,就变得跟我一样了。

### 问　候

你在忙什么？

这个问题真不好回答，我总不能说，正忙着想你。

### 怀　旧

邻居谁家在煎带鱼，

翻来覆去催人泪下。

### 猜猜看

猜猜看，我手里有什么？

攥那么紧，只有你的手心和手汗。

### 先　锋

我到外面转转，吃午饭的时候记得喊我。

## 摇 滚

我只看到"摇",没看到"滚",终归不过瘾。

## 真好呀

从机场大厅出来,鹤发童颜的老者深深地吸了口烟。
飞机从他头顶飞了过去。
真好呀。

## 痕 迹

在白纸上写铅笔字。
再用橡皮擦擦干净。

## 影 子

一阵风吹过。书页翻动。窗帘飘拂。烟灰飞腾。
我没动。我的影子向后退了半步。

## 出　尘

男人动了此念,男人女人都理解。

女人这样想,女人都会说她神经病。

## 君　子

伪君子不见了,到处都是真小人。

原来起码还要装装君子的样子啊。

## 重　逢

他还是他。我还是我。

我们已经不是我们。

## 不是问你

想什么呢?当星星眨动眼睛的时候。

我问的是星星,不是你。

## 问错人

镜中的人啊,为何你要对着镜子发呆?
我不对着镜子,难道要对着你吗?

## 一字之差

跟朋友聊天,我喜欢听"从前"的事。他们一说"以前",我就上洗手间去了。
回来的时候,他们又说起了"从前",我就放松地坐了下来。

## 夜不长了

长夜漫漫。说的是从前,六世纪,创世纪,公元前。
现在夜不长了,我们有夜生活。

## 驻 停

飞机狂奔,忽然发现前面黄灯闪烁。减速,驻停,乘客跟前的咖啡倒了。

这时我们都看到,月亮在天边,一会儿变红,一会儿变绿。

### 个人喜好

喜欢穿旧衣服,但绝不穿破袜子。

喜欢听老戏,但不爱听新人唱。

喜欢去老地方,但不要老人带路。

### 你和我

自从有了电脑,我不会写字了。

自从有了手机,我不会说话了。

自从有了你,我到哪里去寻找我自己?

### 一个梦

老虎午睡时从悬崖上滚了下来。

老虎没事,我吓得醒了过来。

## 神　明

头上多高有神明？是三寸，三尺，还是三丈？总之不远，就在头上，古人说的。

现在飞船上天，他们，神明们，是搭船而去，还是被火箭撞得粉身碎骨？

## 四　季

啊，花开了，一朵，两朵——求求你，别数了，再数春天就脸红了。

啊，下雨了，一滴，两滴——求求你，别数了，再数夏天就翻脸了。

啊，叶落了，一片，两片——求求你，别数了，再数秋天就自卑了。

冬天没法数，冬天一直都那么严肃。那就让他永远严肃下去吧。

## 无　语

关于时光,你想说什么?

时光无语。

那好像说的是历史?

不想说了。

关于爱情,你想说什么?

爱情无语。

爱情怎么能够无语?

更不想说了。

关于死亡,你想说什么?

死亡无语。

废话!

那是,死了有什么好说的。

关于你自己,你想说什么?

我无语。

你不正说着吗?

所以无语呀。

## 重 来

爱,可不可以重来?
可以。
怎么来?
你演,我提供剧本。

人生,可不可以重来?
可以。
怎么来?
我演,你投资。

友情,可不可以重来?
可以。
怎么来?
我们一起演,演到哪算哪。

# 新疆三则

## 歌王停止了歌唱

　　王洛宾音乐艺术馆开馆的消息,我是从飞机上得到的。飞机刚在天上飞的时候,我就开始在机器的颠簸中想象新疆,想象维吾尔族曼妙动人的歌声,哈萨克族骏马箭一般远逝的背影,珍珠一般可爱的葡萄,腼腆发傻的羊群以及湛蓝湛蓝的天空……我喜欢"新疆"这两个字,喜欢"疆"的遥远、偏僻、辽阔、神秘和"新"的亲切、绚丽、梦幻、抒情。我不知道"新疆"命名的最早缘由,也不想打听她的来历,如果可能,我愿意长久地保存"新疆"这个名词散发出来的所有美感。

　　一时还没想到那位充满传奇色彩的老人,直到空姐送来《新疆日报》,看到王洛宾音乐艺术馆开馆的消息,这才恍然大悟,原来所有关于新疆的想象——那里的风,那里的云,那里的月亮、羊群、马车、歌声、舞蹈和青春、爱情、理想，都与这位老人有关。或许可以这么说，因为王洛宾的歌声，我们才在千里之外认识到，在那遥远而又遥远的地方，有一块圣土，干净而浪漫。维吾尔族、哈萨克族、塔吉克族、塔塔尔族、达斡尔族、俄罗斯族、乌孜别克族、柯尔克孜族、蒙古族、锡伯族、回族、汉族，仿佛是一朵朵云彩，绚丽而多姿。一个人的声音可以告知一片土地的存在，这是王洛宾的神奇之处。

三天之后，我们走进了吐鲁番葡萄沟。几百亩的葡萄已经成熟，白的皮，绿的肉，珍珠一般细小浑圆的身子，让人想到吐鲁番的葡萄，王洛宾的葡萄，本来就应该是这样晶莹可爱得让人惊讶。

王洛宾艺术馆静静地坐落在葡萄丛中。只有一层，有一些资料，人生简历、演出和获奖图片、领导名家接见的合影、题辞、信件、创作手稿等等。似乎很丰富，很热闹，但明显感到这里似乎缺了什么。

王洛宾生前弹过的钢琴上蒙着一块布，我知道，是这块布把一些最珍贵的东西遮住了：这里缺的是他的音乐，他的声音，他真实的嗓子。虽然后来相邻的另一座艺术表演厅里有人为我们示唱了他生前的歌，也有维吾尔族少女专业投入的表演，但我还是固执地想听听那位老者一生流浪、蒙难、流落民间的声音。哪怕是只言片语,但必须是日常生活中偶然录制下来的。这当然是可笑的奢望,没有人愿意为我提供这样一些过于琐碎的东西。人们只关心他的传奇和辉煌,比如三毛和他的通信手迹,用玻璃柜装着,加了锁,一副倍加珍惜的样子。我无法理解,在这个纪念音乐家的地方,为什么不能有歌声从音箱里飘出来?更无法理解,一位真正意义上的艺术家的价值,为什么需要用一个三流作家的情爱来强调?导游介绍说,这座馆是他的一位学生花费了很大精力筹建起来的。我怀疑这位学生对先师的认知程度,是的,他可能真的并不懂得他的老师。

后来,临走时,终于在一个角落里发现了他写在纸上的声音。他说:"我有一个五百年工程,这些民歌如果能传唱五百年,那才叫经久不衰,那才叫贡献。"这句话是1990年12月24日说出的,十年了,当时没有三毛,没有热闹,当时他应该还行走在葡萄棚架交错的月影下,当时的王洛宾还是一个纯正意义上的"西部歌王"。

五百年工程,经久不衰,我仰慕这份艺术家的自信和豪情。不是在开始,不是在结束,一定是在他最醉心于艺术的时候。那时他的心里盛满了浪漫乐观的新疆,盛满了对这块土地的热爱,同时,也盛满了狂狷与喜悦。

王洛宾纪念馆里资料很多,临走时我只记下了他生前曾经生活、创作、冥想的一个住处：新疆乌鲁木齐市，幸福路32号，8栋楼，2单元，6号。这个住址似乎有些曲里拐弯，但我莫名地喜欢上了"幸福路"这条街和"32""8""2""6"这几个偶数。

## 水流在地表上

水流在地表上。水的流动让两岸的树根裸露出来，岸边的青草伸长了手臂。石头们湿漉漉的，好像刚从梦中醒来，懵懵懂懂的，有一种失神的可爱。

水从天山顶上流下来，准确地说，现在我们在山脚下看到的，这样天真活泼、无忧无虑的水是积雪融化后，从几千米的高峰，穿过林地、草场、岩石，无休无止，一路狂奔下来的。这样的水要流淌多少个日日夜夜才能到达山脚，流过哈萨克族白色的毡房旁边呢？

水流在地表上，水的浸漫让河的两岸变得宽阔起来。白马在岸边啃着水草，河水漫过了它们有力的四肢。骑手从毡房里哈腰走出来，没有我们预想的那样高大魁梧。骑手打了一声呼哨，马儿箭一般扬蹄冲进了河床。马儿对骑手的狂热崇拜，让我仿佛看到了他们结伴驰骋在草原上的动人身影。

马儿踏水过河，河水四溅，跳动的鬃毛在阳光中闪闪发光。

骑手轻轻抚摸白马刀一般尖削的背部。安静下来的马儿和骑手一时间有一种无所事事的茫然。

小河的流水哗哗地响着，阳光明晃晃照在天山脚下。河水的流动，马儿的响鼻，岸边的草地，草地上的毡房，还有两边的山冈，让我们感受到了与南方不同的"家乡"的味道。

新疆人说，有水的地方就有生命，有生命的地方就有民族。这条经年流淌不止的河水，似乎让这里的哈萨克族牧民暂时忘记了游牧和流浪的传统。

## 遗憾的刀和另类的埙

乌鲁木齐南郊有一条商品街，曲折绵延一里长，置身其间仿佛深陷浓浓的西域风情中。卖白银器皿的，声称是巴基斯坦的手艺，我不清楚巴基斯坦的白银与中国、与新疆的有什么区别，但我喜欢夕阳折射在雪白器皿上的光芒。卖望远镜的，二十倍、一百倍的都有。镜身上印着一颗鲜艳的小五星，卖的人用不太标准的普通话说，这是苏联的军工产品。我顺手拿过来"窥视"一下（我一直以为望远镜的功能就是如此），猛地大吃一惊：有人挥刀向我迎面砍来！赶紧拿开镜子，眯眼向凶气弥漫的方向望去，原来是远处一个屠夫正在砍着一块血淋淋的什么肉。

这条街上卖得最多的还是刀，因为曾经用过与"刀"有关的一个笔名，对之自然就有了更多的好奇与好感。从知名度上看，新疆的刀和哈密瓜、维吾尔族少女一样有名气，《新疆风物志》上介绍，新疆有四大名刀，伊犁沙木萨克折刀、英吉沙工艺小刀、焉耆陈正套刀和莎车买买提折刀。我不清楚摆在架上、挂在墙上，以及老板手上玩着的那些刀里是否有以上的名刀，但就其造型、纹花、刃口、装饰而言，早已经超越了"刀"作为器具的实用性。古话说真名士要有"剑胆琴心"，我也暗地里乱想，要是带一把真正产于新疆的好刀回去，可能挺酷的。可惜飞机这最现代的交通工具，偏偏要跟新疆刀的传统过不去，于是只好望刀兴叹，把一股酸酸的名士气丢在了乌市街头。

一路瞎逛，忽然看到了几个土里土气的埙，上头还印着"新疆特产"字样。心底暗想，新疆刀琳琅满目固然与少数民族传统的尚武精神有关，而埙这样伤感、神秘的乐器怎么变成"新疆特产"了呢？问身边导游，一下子把小姑娘问倒了。埙应该是在古城长安呀，在贾平凹的《废都》里，准确地说，埙更合适的去处应该在楚湘的巫乐中。现在，埙悄悄地跑到独它尔、弹拨尔、唢呐、达甫中间来了，我一时间有些愕然。

如果有一天我们用谭盾的《乐队剧场：埙》作背景，让一群舞者上场挥起新疆长刀，那会是怎样的一番情景呢？正胡思乱想着，耳畔忽然传来了叫卖羊肉串的吆喝声。

# 谁在谁的界外

洞头地处浙南沿海，瓯江口外，是全国14个海岛县（区）之一，由168座岛屿和259个岛礁组成，有"百岛之县""海上花园""东方海明珠"等美誉。西太平洋湾流奔涌不息，亚热带季风缓缓吹来，日日夜夜，洞头天地之间，恍如吟诵着亘古不歇的岁月经书。那些名里带"屿"含"沙"、拥"岱"抱"潭"、亲"海"临"门"、近"滩"入"屏"的地方，处处有传说，则则若古歌，可吟咏，可颂祷，可传承，可流布，听之聆之，肺腑间仿佛溢满了真气灵光。

洞头水汽淋漓的民间传说中，最让我动心的是这个：许多年前，一只"得利"号讨海船，从福建惠安行至此处。船工们想，这个无名岛究竟有多大，有没有避风港，有没有淡水？他们绕岛而行，寻找靠岸的地方。行船间，一个伙计打水洗碗，绳子断了，一个盘斗落下海，一下就被湾流带走，漂入崖边的洞里去了。过不久,船到岛的另一侧,忽然一个眼尖的伙计叫了起来:"快看,盘斗,盘斗!"伙计把那只盘斗捞起,一看,嗨,真是奇了,那盘斗上刻着"得利"字号!原来正是先前在岛的那一边被流水冲入洞的那一只,原来这边的洞和那边的洞是两头通的。"得利"号船工就近停船、登岛上岸,发现岛上有着丰富的淡水和植被,便在此凿井造屋,聚族而居。这之后,泉州人来了,漳州人来了,莆田人也来了,附近大大小小的那些无名岛子,渐渐热闹了起来。——这是洞头名字的由来,掉盘斗的那个岙口从此被叫作洞头,拾盘斗的地方叫作洞桥尾。慢慢地,这一整片海域,都被叫作了洞头。还有那些数不清的岛屿岛礁,那些草木山丘,那些水里游的、岸上跑的、天上飞的,那些鸟兽虫鱼,随着南方渔民的到来,一一拥有了名字,仿佛获得了新生。

从福建莆田去浙江洞头参加"小众笔会"之前,我已经在手机上读到了这个传说,坐在疾驰往温州的动车上,虽然多少有着去往远方的陌生感,更多的却是要去洞头走亲戚的亲切感。洞头在浙南,和福建共享着一片盐分相同的大海。洞头的祖先,大多是当年与"得利"号伙计籍贯相同的闽南渔民。洞头人说的是闽南语,有着数不清的让如今的浙江兄弟引以为傲的福建元素,无论是紫菜、蛏子、羊栖菜,还是粉干、线面、番薯粉,其特产乃至蒸煮手法，与闽南以及莆田几乎是习相近、味相同。尤其让我倍感温暖的是，洞头人供奉妈祖。凡临水处，皆有妈祖，全世界正式从莆田湄洲祖庙分灵出去的妈祖庙有六千余座，洞头各个村落的天后宫未必就是直接从湄洲祖庙分灵而来的，然而在动车上再读到这样一段文字时，我不禁心头一震。"洞头旧称'中界'，明朝初年为抵御倭寇扰边，实行'海禁'，洪武十八年朝廷内迁岛民，中界诸岛荒废。"——你可能不知道，莆田靠海的那一片区域，有过与"中界"一样的命运安排：截界，大海的咽喉被扼住，出海讨生活的路子断了，海边盐碱地上的苦日子一眼望不到头……至今莆田当地还把那片曾经被截界的地方叫作"界外"，妈祖升天的湄洲岛几乎就是"界外底"。有人说过，岛屿就是大海破碎的心，那里的百姓，曾经是这个地方最穷苦的子民。湄洲、南日、黄瓜、箬杯、盘屿、赤山……莆田大陆延伸入西太平洋这片海域的样子，与洞头何其相似。单是从乡镇的名字看，洞头有霓屿，莆田有秀屿；洞头有大门，莆田有忠门；洞头有灵昆，莆田有灵川。若是细化到村落，下尾、埕头、东沙、长坑、垄头、西山头，更是两地多有谐音同名。如此，这次去洞头，我能不说就是去走亲戚吗？何况，那一日动车飞机上四面八方如约而至的，还有我或神交多年或未见如故的一群新老朋友。

玄武、马叙、周公度，我们结识于二十年前网络社交风起云涌的"新散文论坛"和"汉字论坛"，我们甚至有过一本让国内散文界热议了好几年的作品合集《新散文十五家》。那本书之后又数年，我在莆田涵江迎来了《新散文十五家》的责编、百花文艺出版社的刘雁。也是散文笔会，我操办的，那时我忽然就有了一个可以尽情使用地方资源的机会，但是，我辜负了玄武。此前几个月，在未充分准备的兴奋状态下，我贸然向他发出了邀约，甚至还大胆地宣称他可以带闺女温暖前来，可以去非同一个行政辖区的湄洲岛。后来我慌慌张张地收回了邀约。我忘记了为什么没有在之后几个月的这次笔会中及时补偿玄武，也许邀约了，他负气，拒绝了。也许我爽约了，他负气，我也负气，就不再邀约了。那时我们都年轻，论坛上彼此负气断交的不可胜计。涵江笔会，刘雁带走了我的散文书稿。出了我的那册散文集《流水围庄》后，刘雁离开天津去往北京。十年过往，等到温暖和我的女儿黄又黄长大上了大学，刘雁离开北京去了美国。这时候，玄武打造出了大江南北声名日隆的"小众"微信公众号。我们都过了负气的年龄，我快步走到了"小众"中间。在这个公众号上，我认识了此次获得"小众2017年度诗人"的玉珍。90后的玉珍仅比温暖和黄又黄大五六岁，她那极具力量感的诗作，让我不禁一阵感慨。

二十年的时光就这样流逝了，不知从什么时候起，我渐渐淡出了貌似热闹的文学界。也许根本就没有淡入和淡出一说，我一直就在这里，莆田，文学界的"界外"，甚至是"界外底"。只是因为有了当年的"新散文论坛"和"汉字论坛"，我才有了忝列"新散文十五家"的机会。只是因为有了"小众"微信公众号，我才有了和柯平、陈东东、朵渔、庞余亮、黄冰当面交流的机缘。仿佛是见到了洞的那一头飘来的一只似曾相识的盘斗，笔会的第二天，在花岗村陡峭的石子坡上，年长我一轮的诗人柯平老师忽然拉住我的手说，我们当年还通过电子邮件啊，你跟我说，你在小地方过得不开心。我哦哦连声，表示记忆中似有此事，只是不好意思接着说，其实现在我也过得不是很开心。和庞余亮谈起温州作家群，他说和钟求是鲁院某期同学。我没有接他的话头，鲁院是我青春年代一截被切掉的盲肠，我从未去过鲁院，因为从未有过一个机构给予推荐。只要有谁提起鲁院，我马上就不吭声了。这是我淡出文学界的一个原因吗？当然不是，但是在洞头的时候，我却在微信上一直鼓励一位莆田的年轻作者，你一定要出去，哪怕是鲁院的福建班，你不出去，就不知道洞的那一头世界有多大。诗人陈东东寡言，笔会时大家鼓励他朗诵一首诗，他随口道："嗑瓜子的时候不朗诵。"我一路唠叨，这算是此次笔会的一个金句。在半屏山山腰栈道上漫步时，我问起他这些年的生活际遇。东东老师淡淡地说了一些，我本来想把把他的肩膀，最后止住了。我也年近半百了，怎么会不知道，他哪里需要这些。离开洞头的时候，东东老师在微信上跟我说，"这次又遇见你，感觉甚好。"他说的"又"，指的是春天时我们在鼓浪屿吕德安画展上的初见。那次我就说过，我只是一个听故事的人。说说诗人朵渔吧，在海霞纪念馆里的时候，我提到了他的随笔，出馆时，他提到了我的小说。最后，在纪念馆高高的台阶上，我们谈起了文学界的一些现状。这次谈话，对我触动不小，界内界外的分别心，似乎少了许多。黄冰从远方来，她是贵州人民出版社的编辑。我一直不太敢跟黄冰说话，一则我总担心美丽的编辑一不小心就会离国而去，二则我也确实没什么合适的书稿能为她添光加彩。诗人、设计师叫兽和"小众"的编辑黄亚香，在离开洞头的前一夜，与我有过近两个钟头的夜茶时光。我总是在异乡的深夜心绪漂浮词不达意，但愿我世故陈腐的旧观念，没有让他们对所谓的文学前辈感到失望。

　　东北来的散文家高维生，对洞头的开发有些疑虑。洞头这些年大建设大发展的态势确实让人震撼。洞头文联的主席陈赛玉，中文系毕业，写过小说和散文，笔名阿不，是温州著名作家马叙文学结对子的学生。有意思的是，我们到达洞头的那天，区委常委会刚刚研究她转任洞头旅委主任,她对洞头的情况可谓是如数家珍。"洞头渔场是仅次于舟山渔场的浙江省第二大渔场,面积4800平方公里,常年洄游的鱼、虾、蟹类达300多种,10米等深线以内浅海26.6万亩,潮间带滩涂10.16万亩。洞头港是国家一级渔港,东沙港是国务院批准的活海鲜锚地,鹿西港是东南海上最大的水产品市场。全区建有5个海洋捕捞基地,6个海水养殖基地,拥有机动捕捞渔船1200多艘,其中渔轮170多对,海水养殖面积3.02万亩,是全国最大的羊栖菜养殖加工出口基地和浙江省紫菜养殖基地。"数字或许尚不具备冲击力,那日初到温州,开车来接的洞头当地人瑞玉大姐不善言辞,但是在过温洞跨海大堤和五岛相连大桥时,她总是不断提醒我们,这堤是修在大海上的,前面的桥是悬在空中的……我们来数一数,现在过了第一座桥,拐过前面那个弯,就过第二座桥……我问瑞玉大姐,洞头这样发展,你高兴吗?"高兴啊,你们不知道,以前我们去温州城,坐船要走大半天的。"瑞玉开的是宝马,我问她做什么生意,她笑着一直不肯说。她的笑,让我想起了马叙、东君、哲贵那些温州作家小说里的人物。

高维生老师是典型的北方汉子,赤子情怀,心直口快。那天在黄岗海边,他眼见一桥凌空,把两座岛屿连接起来,忽然就感叹了一声,便利是便利,可是自然的景观不见了,总让人有些遗憾。我理解老高那声感叹的由来,但更深知孤岛为大海隔阻的苦痛,老高毕竟是洞头这一界的外人,也许一时未能深切体贴洞头中界人的心思吧?

而我,终究也是外人。我真的就理解了洞头吗?洞头毕竟是温州的洞头,浙江的洞头,匆匆几日采风,哪能窥得洞里的真乾坤?究竟谁在谁的界外?谁是谁的界外人?今日我来了,我是洞头界中人。明日我走了,我在哪个界中央?漫步在半屏山半山腰的栈道上,海风中传来了洞头摄影家刘海鸣的闽南语民歌《半屏山》,"半屏山啰哎,半屏山啰哎,人说你一半哎在洞头,还有一半在哪里,我说一半在台湾……"

# 嗑瓜子的时候不朗诵

某年在温州洞头采风,主持人发动大家即席朗诵或歌咏。依序轮到诗人陈东东,东东兄嗑着瓜子幽幽道:"嗑瓜子的时候不朗诵。"任主持人怎么劝,他始终没有开口。

"诗篇调态人皆有,细腻风光我自知",元稹的句子,一副夫子自道的得意劲儿。某日读到,甚喜,刚好在写一个创作谈,意图引而风雅一番。一查,不禁莞尔,原来这是示爱之作,出自《寄旧诗与薛涛,因成长句》。恋爱确实会让一个人变得顽皮、造作乃至狂妄,那就先记下来,等以后恋爱的时候用。

"石头无法跟着洪水滔滔不绝/也不要以为这是默许。"于坚《沉默表演者》里的句子。忘记是哪位朋友发在朋友圈的,猜想那一刻他一定烦透了。

"那你什么时候也把这句发出来啊!"

"石头没有朋友圈。既然已经决定做石头了。"

"你近年的小说,《天湖寺》《泰国白》《枞味》《有氧运动》《万木生花》,所有的叙事者,都是一副落寞寂寥的模样……"

"你见过哪篇伟大的小说是兴高采烈的?"

省刊编辑微信来告:"你同学有稿言及那年高考后,你们一群傻小子去风光岛上瞎逛,触怒当地守卫,被逮至派出所留置。文中出现你的大名,是否可以照常发出?"好奇那位同学到底写了些啥,央求编辑截取片段而观:"在派出所,我们被批评教育一通,被威胁说会影响大学录取,这才放了。……这是我上大学前,先上的社会一课。"

遂回曰:事是真事,真名无妨。只是这位多愁善感的同学不懂,当年我们被释放,并非虚心接受批评教育那么简单。是因为被带走的同学里,有一位是副市长的儿子。所谓的"先上的社会一课",她显然没上好。

"养活一团春意思,撑起二根穷骨头。"据说是曾国藩未发达时写的对联。"春意思"如何撑起"穷骨头"?想想真有意思。

为什么要戴那么多金戒指啊？看起来像一只常年参加比赛的信鸽似的。

我有一颗牙，坏了好几年。留着，时时提醒自己：不要对别人咬牙切齿了，你其实没几颗牙齿啦。

"这是一件滑稽事，也是一件小事。我告别，不是因为滑稽，是因为小事。"小说家须一瓜的一条私信。到底是什么滑稽事啊？我们都忘了，确实是小事。

"我如今已是无父无母无故乡之人。"
"我觉得你可以是父母，是故乡。"

据社会学者研究，两个陌生人加了微信，二十四小时内没有互动，基本上关系就处于惰性状态。如果是四十八小时没有互动，基本上以后见面就认不得对方了。所以，为了不让我们重新成为陌生人，今天我必须没话找话跟你说个什么。比如，你那边今天星期几？

"叠叠问此事，定然此事缺。"

"所以呢?"

"所以我一直没问:你那边下雪了吗?还有,你想我了吗?"

"我这边确实是下雪了。"

进礼堂捐款一百万,出来车被剐蹭打人,这样的事随处可见。

"我妈死活不同意我嫁给李小明,威胁说,我要是敢嫁,她就敢跳楼!"

"那还不简单,你先站楼顶去,看你妈敢不同意!"

"我整理了所有的手稿、银行卡、存折,所有的书籍,所有的证件……"

"别把你自己扔了,将来说不定我要用到。"

不要嘲笑那些得意忘形的人,孤独也会让人变形。

热胀冷缩而已。你看,我现在就挺别扭的。

"你那么不爱自己,可你不知道,有多少人爱着你……"

"我知道，可我也并不恨自己，哪怕有多少人恨着我……"

"不跟你说了，你太自恋了！"

"念旧的人总会回头。"

"嗯，凶手和恋人都会重返案发现场。"

"回看过去真是飞快，我这几天整理儿子的照片，一转眼小屁孩就十八了……真想重新养他一遍。"

"你确定他也愿意吗？"

"应该是从喜欢里得到力量和快乐，而不是花光了力量和快乐去喜欢。"

"嗯，老师，我知道了。我不会像过去那样去喜欢你了。"

"我就是想，别人都亏了，我要是没亏，就对不起这个时代。宁愿亏空也不能踏空，此所谓'不负股市不负卿'。"

"你投了多少？"

"一千。"

"有些瞬间，在它发生的那瞬间，你就知道这辈子不会再有那样的瞬间了。"

"收到。我会记住你说出这句话的这一瞬间。"

算了，有什么好生气的呢。比如刚才楼下收破烂的喇叭这样嚷嚷着："收长头发，收旧手机！长头发，破手机！专收长头发！"你能冲下楼去跟他理论吗——什么乱七八糟的，长头发跟旧手机有什么关系？旧手机就一定是破手机吗？不是专收长头发吗，为什么还要收旧手机破手机！——你根本没办法跟一个喇叭理论什么。所以，还是算了，不要生气了。

"年轻时候的故事，太狗血了，不值一提。现在的故事，也就剩三餐四季啦。"

说完这句，她吐了一口烟。如果她不染指甲，看起来会更酷一些。

被子说，主人，冷死了，快抱我回被窝。

在这个学校无心读书，转了学大概率还是学渣。就像写不出一首诗，再换一百张纸还是写不出一样。某君一生热爱调动，近日又获迁谴，有感，记之，自谓刻薄翁也。

怄气、激辩到高潮时，某曰：你看你，这些年一点长进都没有。

他悠然道：你见过杂草疯长，但你见过参天大树参天之后再怎么长吗？

不是不能写文史，是不能有文史味。同理，不是不能写诗，是不能有诗歌气。不是不能写小说，是不能有小说腔。不是不能写散文，是不能有散文调。腔，调，气，味……不能再说了，再说就有评论派头了。

自从把唐三彩写进小姐闺房，就再也不读她的小说了。
你也可以这样对待我，真的。

都在关心房产贬值、货币贬值，有没有人关心：人会不会贬值，关心会不会贬值，以及，"贬值"一词是如何贬值的。

"你的手那么老，为何干不了粗活？"
"你说大老爷和小丫头，谁的手老，干粗活的又是谁？"

退一步海阔天空。就是没人提醒你,你身后并不是蹦蹦床。

有了金刚钻,还揽什么瓷器活啊。

杨梅树不像杨不像梅,就是自己的模样,真的很美的。

# 余温

一

去屋顶焚烧落叶之前,他把一个不锈钢小锅坐到电磁炉上。小锅里错杂塞着七个茶杯:三个青花敞口,一个带把的、印着粉色小碎花,一个德化厚胎白瓷,两个柴火烧。青花敞口的是清理上一批成套茶具后择优留下来的,小碎花的是太太自己网购的,厚胎白瓷是几年前去德化玩瓷时闺女的手作,柴火烧是在厦门茶叶博览会时跟一个创业的大学生买的。"应该支持一下年轻人,哪怕仅仅买两个杯子。"太太当时这样悄悄说。他摁开了电磁壶。"只需要一分钟就可以下来了,"他心里估算着,"顶多两分钟,把屋顶昨天傍晚收集的落叶、枯草再拢一拢,点把火——对了,要带几张旧报纸做火引——就可以下来看电磁炉怎么烧煮茶杯了。"

屋顶有点风，做火引的旧《南方周末》拿在手上轻飘飘的。真是有心啊，当年看到《南方周末》报型瘦身，他很是赞叹了一番：你看人家广东，连报纸的外形都要改革。他用打火机点了报纸的一角。着了，但是火苗太小，燃不开，瞬间就熄了。把报纸卷成一个小圆筒，再点，还是烧不起来。应该一分钟过去了吧？他蹲了下来，摊开那张《南方周末》，看到了一个熟悉的女星，浓眉阔嘴，长发长腿，黑白印刷的大图上，双唇如火焰的舌头……哦，钟楚曦啊。"姚晨和汤唯的合体"，《南方周末》并没有这样写，是哪个自媒体上这样扯的。真是胡扯，钟楚曦就是钟楚曦嘛，他随手把报纸的一端撕成几瓣细长条，再点火，火苗迅速燎开，钟楚曦的长腿着了火。好了，他把剩下的钟楚曦扔进落叶堆里，噗嗤，整堆枯黄的杂草和落叶顷刻间燃烧了起来。下扶梯的时候，他听到了七个茶杯在小钢锅里跳跃的声音。

二

明年就不需要再订阅《南方周末》了吧？手机上什么都有，指尖轻轻一点，世界如在眼前，别说是千门万户、千山万水，就是一个人打嗝、呼气、咂嘴的声音，只要你好奇，点点滴滴都可以送到耳畔。"移动终端时代"，这是一个新名词，有一期《南方周末》还专门探讨过这个话题。也许不是《南方周末》，是《新周刊》。真是难为传统媒体了，一边记录着读屏时代的来临，一边惆怅着纸本空间的萎缩。这是一种尴尬吗？他有时不免要替他们唏嘘一把。然而好像也没那么严重，优秀的出挑的纸媒大咖，早已在各大新媒体平台安营结寨。况且，还是有人固守着手捧书册灯下阅读的美好习惯。"手机太刺眼了，我要瞎了。"他太太总是这样嚷道。太太爱看《新周刊》，说是微信公众号推送的内容太少，"这不就是信息茧房吗？老这样看手机肯定会变傻。"太太的床头有个木架子，专门用来摆放各种杂志的过刊。"过刊"，两个古典而陌生的字眼，现在的年轻人可能都不知道这个词语的意思了。更多新的词语从手机里涌了出来，"朋友圈""饭圈""夸夸群""阿婆主"……"过刊"最初对应的甚至不是"电子文本"，而是"手写稿"。他想起老家围庄拆迁前抱回来的那些手写旧稿，圆珠笔，钢笔，大白纸或中学生写作文的方格纸。那时候，他还没有字数的规划概念，灵感倾巢而出，一管钢笔墨水可以写满一整本作文簿，甚至可以写两本。他记起在老家古井边清洗钢笔内胆的一些情景，从墨水内管末端往外吹气，笔尖那里噗噗冒出的泡泡彻底透明了，那钢笔才算是真正通了。他爱做这件事，旋开钢笔外管，轻捏塑料内胆,吸水,吸得满满的,轻挤内胆,浑浊的、沉郁的、带着细微颗粒的墨水咕咕而出。再来,吸水,挤干,一遍两遍,五遍六遍,终于,一种内在的绝对清澈出现了。他把内管末端凑近嘴边,轻轻一吹……阳光照在笔尖的泡泡上,这个画面充满了象征的意味。

他用装高级茶叶的礼盒存放那些围庄旧手稿。这些旧稿中的一小部分已经发表,更多的断简残篇停留在半生不熟的青涩状态。他有过闭门专心整理这些旧稿的念头,也许从里面,多少能打捞出某些值得再造的灵感。他老是有这种幻觉,说是信心也可以。然而这件事一拖再拖,那两个崭新精致的茶叶包装盒甚至有点褪色了,他始终还是没有动手。有一天,在微信上跟一个大学女同学聊天,因为一个微不足道的话头,他突然不高兴了。女同学在美国多年,他们之间其实并未有过激烈的辩论或争执,他只是很平静地表达了某种观点,甚至那都不叫观点。这几年,他尽量克制自己,已经很少跟别人争辩什么了。"But,我回得去,你出得来吗?"她当时直愣愣说了这么一句。这句话刺激到了他。他好长时间不吭声,对方可能刚好在忙,也没有继续说下去。他们的对话就停留在了她的这句美式大白话上。他知道她是无意的。这之前,他还半开玩笑地答应她,等她回国探亲,他要去福州国际机场接她。实际上机场就在她老家长乐，离她母亲家仅三公里，离他这里却有一百多公里。她听出了他玩笑里的用心，一个劲地说，"好啊好啊，我有二十年没回家了，就坐你的车回家吧。""还要我给你带圆珠笔吗？"她接着说道，这句话后面跟了一个调皮的微信表情。圆珠笔是他们之间的美好记忆。当时她还在日本，她写信问他，有老乡要回国，需要给你带什么？他回信说，圆珠笔。日本的圆珠笔是全世界最好的，这是当时《南方周末》告诉他的，他是《南方周末》创刊年代的忠实读者。他用她托老乡带回来的日本圆珠笔在大白纸上写作，这种圆珠笔笔尖温和，出水柔顺，"特别适合写散文"，他在下一封信里这样告诉她。他没有告诉她的是，用圆珠笔在大白纸的光面上写字，那种感觉就像大学时和她在黄昏散步的那种惬意和从容。

就这样，因为那条让他不快的微信，他终于打开了那两个茶叶礼品盒里尘封多年的旧手稿。他择取了一些字句，用楷体分节编排出来。每一节的后面，他慢慢拓展了开来，那是一些说明、勾连和生发，看起来就像是和二三十年前的自己的一次漫长对话。这个部分用了正统的宋体。这项工作进展得很快，他原来以为至少要一两个月的，没想到一个星期就整理好了。再过几天，集中焚烧屋顶花园角落那株百香果的落叶时，他把那些旧手稿一把火烧了。那把火烧得特别快，实际上他只点了一片旧纸的一个角,呼,整堆落叶和旧手稿瞬间燃起,里里外外痛痛快快不出一分钟就烧光了。

  太太爱看的《新周刊》是她自己邮购的。新刊贵,过刊便宜,她总是在第二季度通过微信购买。快递一次送来一大包,没几个月,家里东一本西一册,随处都是花花绿绿的杂志。有一天,他随手抓过一本《新周刊》,漫不经心地翻着。太太经过他身旁,随口说道:"你怎么把旧手稿都给烧了啊,我还想看看你年轻时候写的钢笔字呢!""啊?"他茫然地抬头看她。"不管你了,可你别发神经把这些《新周刊》都烧了。"太太甩甩手走开了。"这是铜版纸,烧不开的。"他放下杂志,拿过手机点开微信,刚好看见厦门茶博会上认识的那个做杯子的大学生发出来一条朋友圈:一张他们创意工作室窗外的芭蕉树图片,芭蕉树宽大的叶片横过了窗户,上面用漂亮的字体设计了几句诗,"她剪一头齐耳短发/眼珠乌黑/有两条健康而匀称的长腿/她的名字动人/一直到今天/都是一个敏感词"。

  那是他写给那个美国女同学的一首诗,之前在一个敏感的日子里发在朋友圈。他嘴角悄悄动了一下,嘟囔道,这孩子,引用别人的诗句也不标注一下。

## 三

他有一处漂亮的房子。是一处，不是一套。在一些对家居装修怀有好奇心的朋友眼里，那处居所还颇有名气。十三年前，新居落成举家入住时，当地一家地产杂志以《在城市复刻乡村》为题做了一期报道。"房子位于小城最为热闹现代的街区新涵大街北段，隔街百米，离地五六层，隐身于面目复杂的楼群之中，却独得一份别样情趣。复式两层250平米的房子和150平米的两层露台……此处也成为朋友们平日'流水般雅集'的一个心仪去处。"那篇文章这样描述。更具体的细节还有："杉木门框门扇、杉木栏杆、杉木楼梯、杉木餐桌餐椅、杉木衣柜、杉木台子，所有的木头——裸露着原木的素朴和温馨。""如果说在一层生活起居空间，主人侧重的是温馨简约，那么在这个二层的空间里，主人的文人雅趣得到了充分表达，黄色主基调之外，红砖和'白灰砌缝'这种最经典的莆田建筑工艺被广泛使用，北面墙壁，东南向弧形阳台立地柱子，阳台、露台地板，到处都是暖人心眼的莆田传统四角、六角红地砖，它们和青石片、梅花状砖雕老窗格、老水缸、筷子笼、民俗金木雕花板、鱼篓草帽竹管制作的灯罩等，共同营造了浓郁的莆田乡土文化氛围。"

"这个地方看起来就像是作家主人的一本新书。"做这个专题采访的是这家杂志的新任年轻女主编。第一次见面,她特别强调,"我姓周,周迅的周,不是邹韬奋的邹。"他听了哈哈一笑。这个地方的人普通话方言口音重,常常分不清翘舌音和平舌音,她特意这样介绍自己,显然是在强调自己的某种特质:女性的,文化的,时尚的,活泼的,幽默的。后来周主编邀请他去他们公司给员工们讲述地方文化。他去之前做了一番功课,但是听众却只有三位,另外一位年轻的主笔,一位摄影师,这两位小伙子比年轻的周主编更年轻。周主编很忙,先是摁掉几个不依不饶的来电,后来终于出去接了一个很长的电话。等她回来时,他暗暗把之前准备的内容掐掉了一大部分……一转眼十来年过去了,后来听说杂志停办了,周主编他们转向房产营销,比过去更忙了。在她的朋友圈各类销售广告多起来以后,有一天,他顺手把她的微信设置成了"不看她的朋友圈"。

铺砌红砖,白灰砌缝,这是他二叔的手艺。卯榫结构,老料旧工,所有的木作都是他姐夫的工艺。二叔和姐夫,老家传统建筑工匠的杰出代表,说他们身怀绝技也不为过。是的,那是一些快断绝了的手艺,当初谋划这样营建自己的家居空间,他正是怀了这样的愿望:把他们的技术保留下来,这才是真正的乡村记忆。

是这样的吗？有一天他在顶楼整理菜地，下架的丝瓜枯藤，顺手扔到一旁已经发黄的杂草，各种各样虫子啃噬得乱七八糟的菜叶片，把这些杂七杂八的垃圾归拢到菜地的一角，下楼去找旧报纸引火的时候，他突然想起了小时候跟二叔在老家围庄田野上看火烧土的情景：二叔点起了火，满满一大堆的旧稻草在田地里燃烧起来，稻草热起来了；火堆热起来了，泥巴热起来了，整片田野都热起来了。人也热起来了，一直到夜里睡觉的时候，他都能感觉到自己的脚丫底下有着暖暖的余温。那天在自己家屋顶焚烧那些菜地垃圾时，他忽然有了一些感伤：他能感到屋顶水泥地上，靠近火堆的地方，涌动着一些温热，但是晚风吹拂衣袂，他身上只有春夏之交突袭而来的寒意。

他忽然察觉到了那篇家居访谈背后的虚妄。如果这样的复刻是"真正"的乡村记忆，那什么是"虚假"的？到最后谁来勘误，谁来厘定，谁来评判？自从不断地在朋友圈看到各类有关地方文化的胡说八道后，他赌气一般地把厚达一千多页的明代《兴化府志》翻了个遍。他终于写起了乡土文化散文，几年的时光里深陷其中，耗尽了所有少年时代积攒而来的少年气。

"你真是一个老少年啊"，有一天，他那位美国女同学这样说他。他笑笑，心里暗暗告慰自己：可以了，终于可以放下了，和解了，真和假，虚和实，从此无需再做什么辩解了。

那些乡土文化散文里有一篇写到了他的老家围庄后山古寺里的一种无尾螺。

"从前，紫霄寺有一个小沙弥，趁师父下山，偷偷去溪里捞了溪虾和溪螺来煮，那溪螺还一个个剪去了尾巴。不巧的是，虾和螺刚刚煮熟，师父却突然回来了，犯戒的小沙弥吓得赶紧把那荤腥之物倒进了寺旁的溪涧里。师父一看，阿弥陀佛，造孽啊造孽啊，立马为那溪虾、溪螺做了超度。师父法力超常，那虾呢，翻个肚皮，又活了过来，身子却还是煮熟的样子，红通通的。螺也复活了，缓慢蠕动如初，就是从此没了尾巴。

"十年前，我在小城获得了一处有露台的寓所。做设计的朋友热情筹划，露台角落里造了个小鱼池。二叔帮忙从老家运来了田土，撒下去，融开来，软软铺着，池里养了荷花和花鱼姑。荷花当年夏天就开了，虽然才三两株，花瓣次第展开，也有了一番小景致。花鱼姑投放了十来条，最后只剩一条无精打采地悬浮着。那时我开始在屋内长案上读《兴化府志》，知道花鱼姑就是斗鱼，群居则斗，捉对厮杀，擂台车轮战，不把对手干掉不罢休。但是等到把对手都斗死了，英雄寂寞，自个儿也失去了生的乐趣和意义。

"大概是两年之后，我们才突然发现，鱼池里居然有螺，附壁而生，粘连成串，阳光下唇微启，舌轻吐，似静却动，似动却静，呆呆萌萌，煞是可爱。细细一看，它们居然都没有尾巴！呀，原来紫霄的无尾螺顺溪流而下围庄，跟着家乡田野里的泥土，迁居到我家来了！

"紫霄山虽然离我栖居的小城不远，然而我已数年不登。围庄拆迁做大学城，去年就拆光光了。从此我已无老家，无家山，无村庙，唯剩山上溪涧里寡寡瘦瘦的山泉偶然入梦。那要搬迁到围庄的大学里，有怜惜我的领导，看我整天婆婆妈妈念叨围庄，有一次就笑问我，干脆调你来我们学校，圆你一个梦，借此回老家？当时是酒后，我有些动情，有些浮想联翩，于是慨然道：'不了，谢谢领导好意，我已经找到我的老家了。那无尾螺虽然没有尾巴，小小的壳里，却就是我的大学城邦。'"

## 四

围庄旧手稿里有两篇散文的开头。十几二十年前的他总是那样，因为一个跃动却模糊的念头，快速抓起圆珠笔或钢笔，在一张白纸上唰唰唰写起来。三百字，五百字，甚至只有几十个字，慢慢却停了下来。在这次集中整理这些旧文稿的那一周里，他常常因之而不断走神叹息。他知道自己当初为什么没能继续写下去，虽然早已过了与人辩解的心境，但是好几次他拿起手机想给美国的那位同学发微信，他想这样告诉她："我是出不去，确实出不去了。""可是留下来又有什么不好。""还有，你……真的回得来吗？"

他用手机拍下了那两篇散文的片段，其中1999年10月23日草就的《秋天的火炉》里这样写道："母亲五月发病，六月来城中检查，六月底确诊为贲门癌晚期，放弃治疗之后回乡，一眨眼几个月时间就过去了。回家和父亲一同守护临终母亲的这些日子里，父亲一遍又一遍絮叨着：要看好煤炉，一定要小心，塌了炉重新起火多么多么麻烦。有一天我终于发火了：这句话你已经重复了几百遍，我多少岁了你不知道？我三十岁了还看不好一个煤炉！

结果那天晚上，煤炉却真的塌了……"

这篇散文写到这里就断了。母亲在一个星期后去世，他不知道她的生日，不知道她到底有没有活满五十二周岁。母亲去世以后，父亲跟他到了城中。城中不用煤炉，从此以后，父亲再也不用担忧煤炉垮塌这样的意外了。他要担忧的是别的新的麻烦：液化气到底关了没有；下雨了，要不要去一公里外的小学接孙女；学校放学的时候孩子们一下子涌出来，如果错过了，孙女先回家进不了门怎么办；市场里有那么多摊位，摊位上有那么多鱼，哪种鱼是新鲜的，少刺的，可口的；是不是得去买一个指甲剪了，儿子说过，指甲剪不能混用，儿子说他要去买，但是过了两个月还没买回来；黑熊家今年元宵做"福首"，来电话说要提前回老家帮忙，回去了要住哪里，被褥怎么办，今年冬天这么冷；回到老家了，那个煤炉要不要重新点起来，不然洗漱喝水就是个问题……

父亲是在母亲去世十三年后去世的。这么多年过去了，他一直没有忘记老家那个火已熄、煤成灰的凉飕飕的煤炉。煤的灰和灶灰一样，可以用来洗涤各种碗具。以前在围庄，母亲在晴和的天气里总要拎一大堆大碗小碗到古井边集中清洗。最早的时候用的是柴火灶里扒拉出来的灶灰，后来用的是煤灰。几十个大盆小碗，还有调羹筷子，全部拿丝瓜络沾着灶灰煤灰半干半湿地仔细擦拭过，最后用清水反复漂洗，等到收回家时，一个个光洁得能照见孩子们刚刚长出来的半截虎牙。

他记得这个来自乡村的生活常识，一直到现在，他还是不习惯用超市里买的洗涤液清洗茶具。每次来家里喝茶的客人走后，他总要去屋顶角落抓一把火烧土，揉碎了，泡在水里，变成烂泥，一些没有烧透的草木细梗浮在了水面。他慢慢擦拭着，杯底，杯壁，杯口，杯子的鼓形的外侧。茶垢无声无息脱落下来，混进乌黑的软泥里，夹杂了明显的黄。黄越来越多，黑渐渐减少。再沾一些火烧土，黄又添加了一些，但是没能淹没黑……水龙头强大的水流把它们都冲去了,黄的茶垢,黑的泥巴,全都不见了。一个洁白无瑕的瓷出现在了掌中,宛如新生,新如初生,他的心里有了一种淡到几乎难以察觉的余温。

另外一篇题为《兰花》的旧稿写于2010年7月1日:"家里三盆兰花开了花。是祖母的兰花,从老家围庄搬过来的。'兰花疼叶不疼根''取女人的头发埋在根下,兰花就会长得旺'……奶奶的话,奶奶去了,不知在那边还养兰花不。

去年春天的时候,给兰花分过盆,今年春天太忙,忘了,好几盆就长得杂乱。奶奶在世的时候说过,每年春天都要给兰花分盆,就像兄弟长大了要分家一样,合着,大家都长不大。父亲的兄弟们很早就分了家,分着分着,大家越分越开,一家在北京,一家在深圳。我们也离开了围庄。前几天夜里一个人开车回去看老屋,门前角落里,邻居盖了一间小屋给孩子做新房,灰壁刷得新新的,荧光灯亮亮地从屋里射出来……"

奶奶过世后,从围庄老屋移了四盆兰花、两棵三角梅、一株天竹、一株萱到城中来养。三角梅、天竹、萱都活着,兰花分着分着,只剩下一小盆活着。秋天的时候吐蕊开了花,那时候闺女在北京参加秋季招聘,每天他们都盯着那盆兰花看,呀,王者之香,又开了一朵,又开了一朵。这个秋天兰花开了四朵,其中一朵结了果。最后闺女收到了四张offer,签约的那家特别满意。

奶奶去世已经十年，父亲去世已经八年，二叔去世已经七年，围庄也消失两年了。如今想起老家，也就剩下这些寂寞的小花小草了。也不知道兰花在北京好养不，如果闺女愿意，他想，春天来的时候，应该分一小盆让她带走。

为此，他愿意用心去侍弄一些火烧土出来。不用《新周刊》做火引，答应过太太的。再找找，一个家这么大，旧纸张还是有的。

# 日复一日

### 小松家的风雨廊

　　隔壁楼的郑奶奶去世了，下午救护车送回来的。说是去学校附近的出租房陪孙子读书，心梗还是脑梗，突然就不行了。晚上下班后，跟朋友在外面吃饭喝茶，回来见他们家一楼的灯亮着，门口支了一张桌子，她家儿子小松陪着几个亲戚模样的叔伯在守灵。郑奶奶家是自建房，整栋楼五层，从一楼到五楼，两个开间层垒而上。一楼的一个房间，十年前，不止十年，应该有十七八年了，郑奶奶退休后周末和寒暑假用来做英语培训。郑奶奶是中学英语老师，这个之前有所耳闻，但是等到她开门收徒正式授课之后，从培训班门口走过，听到半头白发的郑奶奶带领孩子们朗读英语，还是觉得有些诧异。郑奶奶的英语培训班规模不大，十来个孩子的样子。这种早期的自建房看起来巍峨，但是受限于财力，一般开间都不大，满打满算二十平方，十来个学生坐着，看起来蛮合适也蛮温馨的。郑奶奶上英语课，感觉也不太着急，虽然口音还是有些陈旧，带着他们那个年代的痕迹，但是因为她慢悠悠的，声音也低柔，听起来还是蛮顺耳的。郑奶奶的这个英语班，好像办了没几年，原因应该是她家儿媳妇小鹿生了孩子，郑奶奶当了奶奶，显然已经没有余力来带别的孩子了。她应该是全身心投入来疼这个孙子的，左邻右舍都知道，小松和小鹿，她的儿子儿媳妇结婚应该有七八年了吧，这么长的时间里，小鹿一直没有生育。可以推想，在退休以后好几年的闲暇时光里，郑奶奶心里应该是很急切很挂念的。虽然郑奶奶曾经是个中学英语老师，但是教英语跟教地理有什么区别呢？教书跟种菜有什么区别呢？郑奶奶和这附近所有到了奶奶年龄的奶奶们一样，都是很想做奶奶，很想怀里抱着一个小孙子走来走去的。由此似乎也可以推测，郑奶奶当年举办英语培训班，多少也有点排遣寂寞的意味吧。小地方的日子过得慢，春夏秋冬，日复一日，现在郑奶奶就躺在那个曾经的英语培训班小教室里，他的儿子和不知名的亲戚陪着她。到天亮，某个时辰到来，一个被亲戚们反复讨论商定的仪式启动，郑奶奶就要被送走，永远离开这片街区了。

我们住的这个地方不是小区，也不靠近主街道，但是每栋楼之间都留了小胡同,似街非街,接续成片,不是一个区也变成了一个整体。这片房子多为自建房、集资楼,住户新新旧旧,来来去去,原来彼此讳莫如深,但是日复一日,多少也知道了对方的一些脾气和底细。脸对脸,话搭话,后脚追着前脚,东风夹杂西雨,渐渐都放下了原有的拘谨和警惕。我这样咬文嚼字描述这片街区的样貌,不为别的,只是想告诉自己,郑奶奶去世了,这似乎不仅仅是他们一家的私事,隐隐约约的,多少还是跟左邻右舍有点关系。至于究竟有什么关系,一时半会儿,却又想不出来。这里毕竟不是乡村,非亲亦非故,交浅言不深,郑奶奶去世了,他家在守灵,我开车从他们家门前小街经过,除了减速缓行,心里暗暗揣了一份尊重,似乎也没什么理由能靠近去说上几句话。

郑奶奶的儿子小松是个建筑设计师,小松不爱讲话,但是显然是个有自己想法的人。这幢独栋的房子,应该是小松亲自设计的。小松幼年失怙,郑奶奶一手拉扯起一双儿女。小松的姐姐是老师,姐夫也是老师,姐姐姐夫也不爱讲话,偶尔遇上,只是微微点点头,有时甚至连点头也省了,所以一直不知道他们在哪里做老师。这不爱讲话的一家人,在二十多年前的某一天,由郑奶奶拍板,小松执行,买了两开间地,盖起来这么一小栋房子。房子本身并无什么特别之处,因为是在横七竖八的路网规划内，大家都规规矩矩按照集体主义的风格，有棱有角地各自方正着。有意思的是向东和我们这栋隔着的这侧，小松做了一个设计：他们家一楼，就是郑奶奶做英语培训教室的地方，整体向内缩进一米半的空间，外面立了几根柱子，柱子上贴了白瓷砖，中间镶了一列醒目的红瓷砖。我知道，这是一条避雨走廊，不长，也不宽，但显然是有意为之。我刚刚搬到这边来住时，一直心生好奇，好几次想问小松，无奈小松沉默寡言，平日里或点头或不点头擦肩而过，我也不好追着乱问了。久了也就不问了，好像这段风雨廊本来就应该这样，不这样还挺不合理的。郑奶奶自己呢，看来是很喜欢这段走廊的，冬天的晌午，夏天的傍晚，总能看到郑奶奶从东侧的小门搬出一些板凳，附近的一些老奶奶就过来一起在那里坐着。冬晒暖，夏纳凉，一群奶奶闲闲散散坐着，有时说话，有时不说话，那里就有了浓浓的街坊味道。春秋二季，走廊里的风变成了穿堂风，郑奶奶就不来这里坐着了。一般常见的情景是她家儿媳妇小鹿开着辆电动车，轻手轻脚停下，匆匆忙忙把车推进了那道被风吹得不肯好好敞开的小门。

郑奶奶走了，小松会把风雨廊堵上吗？那里虽然不长也不宽，算起来还是有好几平方的。就是堵上了，别人也不好说什么，毕竟那里本来就是他们家的。留着好像也没什么用途了，郑奶奶走了，没人从东侧的那道小门搬出小板凳给邻居们坐了。没有板凳坐的风雨廊渐渐就失去了公共空间的意义，小松是建筑设计师，自然明白其中的道理。但是小松显然是个守旧的人，这个从他依循农村旧俗为郑奶奶治丧就能看得出来。一个守旧的人，应该不会轻易把风雨廊封堵起来的。至少短期之内不会，对这点，我还是蛮有信心的。

## 阿土卤面

城涵大道开通之后，城内的朋友时不时相约出城到涵江来吃饭。人多的时候，就提前预约涵鲜大排档、阿豆腐这样的饭店，订一个包间，点几个土菜，喝点小酒。我自己不喝酒，东道主喝起酒来容易西东不分，何况我历来滴酒不沾。朋友要喝，就自己带过来，一般是白酒，每人三杯四杯，快快喝了开来。我从一个保温壶里倒普洱，以茶代酒，虚张声势应付了过去。人少的时候，两三位，三四位，我就事先跟他们说好，如果你们不嫌弃土味、市井气，我就带你们吃阿土卤面。朋友问，"在哪，怎么从来没听说过？"我仰起下巴昂然道，"不要问，跟我走便是。"

从莆田东出发，上城涵大道，若不是上下班高峰期，十来分钟可至涵江老城区。涵江的街道其实简单，横七竖八几条路而已，只是路灯莫名地比莆田暗，这样几个路口两拐三转，朋友们一般就晕了。"这是哪呀？"副驾上那位仁兄惴惴问道。我不言语，远远瞥见前方路边有一空隙，快速滑溜而去，看似手忙脚乱，实则老司机派头十足。稳稳侧方停了车，道："如何？"朋友紧着的脸稍稍放松，嘘了一口气："仿佛到了一个陌生地。"

下车没几步，街边便是阿土卤面。认招牌，牌子小；上面除了"阿土卤面"四个小字，还有别的酒类广告更大的字样。认人，明天再来，还是会让城里人迷糊。为啥？不急，先点餐再说。初次点餐，新客还是一头雾水：灶台边一张简陋的案板上，摆满了花蛤、蛏子、海蛎、蚕豆、香菇、猪肝、牛肉、豆丸、大肠、小肠、猪皮……不只这些，还有一半叫不出名字。这是什么意思？让你挑啊，挑了店家好下锅。最少要挑三样，起价定在十五元，每添一样再加五元。然后定主食，面之外，还有米粉、赐粉、白粿，也就这四样了。犹豫不决间，旁边锅里的热气蒸腾起来，那一碟又一碟的佐料一下又看不清了。好不容易挑好了，嘘一口气，刚要跟店家感慨点什么，那持勺的大姐，勺子都顾不上离锅，只拿胳膊肘子一抬，示意你让开——后面早已站了好几位眼神跟你一样迷离的食客。于是恋恋不舍走开，去门口散落的小桌前坐下，这才有心听我讲故事：这个阿土卤面的阿土，是现在掌勺的那位大姐的公公，原来在三门井那边做夜宵，名气说大也大，老城区长大的孩子，没谁肯说没吃过阿土卤面的。说不大也不大，就是煮夜宵的一个小摊位而已，煮的也就卤面、米粉、赐粉、白粿四样。这是几十年前的事了，那时一碗卤面两毛钱。两毛变为一百五十毛，这中间的沧桑巨变，任你怎么想都不过分。阿土还在，只是已经退居二线，不再掌勺和主事了。摊子移到了这边店里，但还是只做晚餐和夜宵，下午五点开灶，凌晨两三点熄火。卤面的味道，据说还是和几十年前一样，汤还是那个汤，面还是那个面，滋味家常如往昔。我不是涵江人，没吃过两毛钱的阿土，两元钱的也没吃过，十元钱的也没吃过。我是新涵江人，家住新区，以新自傲，之前很多年里，打心眼里是不太待见老涵江的。阿土卤面在老城区，等到我开始到处找二十元以下"有面条味"的面条时，当初那些吃两毛钱汤面长大的老涵江小孩，已经跟我一样两鬓斑白了。有些事不是傲气就能解决的，比如口腹之欲，比如镬鼎之调，到最后都得戒骄戒躁，老老实实向本帮原味臣服，乖乖地坐到街边来等脾气有些傲娇的大姐煮给你吃。

再说这大姐，你今晚见到的是这个，明晚见到的会是另一个，后天晚上又换成了这一个。为啥？说来有趣，阿土有两个儿子，阿土老了之后，想让一个儿子守老店，另一个儿子去开新店，创业资金由他来出，结果两个儿子谁都不愿另立门户或另辟蹊径。共用一个"阿土卤面"的牌子也不成。怎么办？那只好一家各做一天，这一家做的时候，那一家就放假。做一天，歇一天，各自备料，各负盈亏，店租水电，月底对半结算。有意思不？确实有，也只有老涵江才有这般意思。

故事讲完了，面还没上来。阿土卤面的面跟别的地方不一样，人家都说大锅做饭做面好吃，阿土不信这套。阿土的面是一碗一碗煮出来的，就是夫妻俩来吃，点的佐料一样，阿土家也不会两碗一起煮。为啥？不知道，这就是老派做法。面还没上来，那就继续讲故事。阿土卤面不像别的店铺，百度地图、高德地图导航导得到，但是你转过身子往那边看，你看那是一座什么庙？延宁宫，对，著名的妈祖庙。莆田人说，有水的地方就有妈祖庙，那水在哪？水在饭店后面，后面就是海岑前。对，古代涵江港口就在这附近。古代有多古？其实也没多久，就百八十年前。那时港口还在，还能停泊渔船，还有海运，最远的船从江浙来，从上海来。有没从天津、大连来的，反正就是海嘛，上海的船能驶过来，大连的为什么不能来？不知道，无从查询，问阿土他也答不上来。老涵江的人只知道最远的地方就是上海，这个港口好像是上海的亲戚，莆田的桂圆干、李干、蔗糖等土特产从这里运到上海,再把上海的洋油、棉纱运回这里。就是靠这么运来运去,港口附近建起了那些有上海味道的房子。那些房子里的孩子半夜肚子饿了,就到延宁宫门口街上来吃夜宵。某一个冬天的夜里,一位见多识广的人物,他刚刚从上海过来,在这里吃了一碗夜宵卤面,吃得满面红光两眼放光,把筷子往桌上一拍,赞道:"好地方,真乃小上海也!"那隔壁桌坐着的,戴着一顶狗皮帽子,面孔黝黑,胡子拉碴,恰好刚从大连回来。大连冷啊,冷到半夜饥肠辘辘也没一颗玉米、花生米吃,正感叹那么大的大连还不如这么小的涵江,一时却没有一个合适的说法来概括,"小上海"一说顿时点燃了他。"好面,好词,好地方!晚上这一条街的夜宵我全包了!"这人疯了吗?看起来是有点,然而也并不过分,一条街的夜宵能值几个钱?这位戴狗皮帽子的大叔看似邋遢,谁能猜到这一趟跑东北,带人参带鹿茸带虎骨带貂皮,回来他赚了多少?人参、鹿茸、虎骨、貂皮,那都是贵重物品,带涵江来卖给谁?卖给延宁宫后面那些有上海味道的新房子里的"小上海"人家啊。古代的涵江人,冬天需要穿貂皮大衣吗?不用穿上,披着就行,居家搓麻将、打四色,去延宁宫看元宵,到街上来吃夜宵,那些时候,一件貂皮大衣松松垮垮在肩头披挂着,据说是那个年代的范儿,据说那时候上海也是如此这般流行。这就是古代涵江的传奇啊，说起来也不是很古，就一百年前的事。信不信由你，反正延宁宫前的那次夜宵笑谈，让"小上海"的美誉自此流传了开来。

故事讲完了，面刚好上来。朋友埋首向碗，轻轻啜一口汤，眉眼舒展开来，赞道："嗯，确实好，像面条。"再埋首，呼噜噜吃面喝汤，边嚼食边吞咽边胡乱夸赞。如此反复几次，头越埋越深，直到鼻尖碰到碗底了，这才停下，搁碗，置箸，脸上写着满足。忽然又有点羞赧，于是掩饰着问："那人是谁？""哪个那人？""就古代给一条街夜宵买单的那位。"

嗯，就是他，他，还有他。我手里举着筷子，胡乱朝延宁宫后面那一幢幢有着海派风貌的老房子比画了一圈。

## 郑樵朱熹菠萝蜜

好多年没下南洋，南洋明还是保留着南洋的派头。南洋派头到底是指什么，三言两语又说不清楚。我家媳妇跟着同事丽丽去南洋明的一个果园采摘树葡萄，回来边吐着葡萄皮边兴致勃勃地跟我描述南洋明的种种怪诞言行：暴躁得不行，又热情得不得了；满面红光，却老说自己身体不好；住着豪华别墅，又口口声声吐槽周遭人情淡薄。如此等等，矛盾重重，好有趣的一个纠结哥。我说南洋明我认识啊,一个很有派头的老板,你们怎么会认识他?"哎呀,是丽丽的嫂子带过去的。丽丽的嫂子不是开美容院吗,南洋明是老顾客。做完面膜,南洋明心情好,就喊丽丽嫂子一起去果园,说是树葡萄长了满树没人摘。丽丽嫂子喊丽丽,丽丽就捎上了我。""吃大户啊。"我笑道。"不得了了,那果园超大,种了不知道多少种果子。荔枝、龙眼、枇杷、柚子这样本地的水果,一棵都没有。有的是黄皮、莲雾、树葡萄、灯笼果、猕猴桃、菠萝蜜、巧克力布丁、毛毛虫桑葚这样奇奇怪怪的品种。"

我想起来了,小段曾经提过,南洋明在老家租了块地,从台湾、云南等处买树苗,成功种出了几十种热带、亚热带奇珍异果。小段以前跟南洋明走得近。小段做老字画生意,南洋明是前辈玩家,少不得跟他请教,有时也跟他买来卖去的。舞文弄墨的大多好古,我跟南洋明有限的几次交往,也是因为这方面的事由。小段和南洋明他们做的是海外回流的生意,时不时能从东南亚搜到一些晚清民国带出去的名家字画。小段年轻眼神好,整天端个手机疯狂搜索海外拍卖动态,最神奇的一次是,他以一千元人民币的价格,从比利时一个小拍卖行拍到了一件李霞的真迹。李霞是近代人物画大家,解放初期,李霞的精品入列限制出口名单。闽中盛产丹青翰墨妙手,郭尚先、江春霖、李霞、李耕是清代以来莆田著名的书画家，至今在当地收藏界受人热捧。小段从欧洲小拍卖行捡到大漏，遂成坊间一个小传奇。然而南洋明对此颇不以为然。"我那时候到东南亚收老字画，都是拿麻袋装的。李霞李耕多了去，他们的画太大张，裱过的又不好折，有时候我嫌碍手，都不爱带回来。"南洋明撇嘴道。吹牛、抬杠、不服气、编造故事、互相攻讦，这些都是古玩行的坏习气，和他们混久了，我早已见怪不怪，不过南洋明所言的倒可能是实情。早年间，老华侨们有钱有情怀，从故国乡梓收集的藏品大都不俗。等到老了、过世了，他们的子孙虽然还是有钱，但是情怀渐渐变淡，爷爷、太爷爷惜之珍之，孙子、曾孙子出之弃之，这样的故事比比皆是。二十世纪八十年代后，大陆财富暴涨，收藏之风日盛，"回流"现象应运而生，南洋明据说就是舀到第一瓢水的淘宝先锋，他的外号估计就是这么来的。"南洋明当年要是不急着批出去，那一麻袋一麻袋的老字画，到现在能买这几条街的店面。"每次提到南洋明，小段总是艳羡不已，"那麻袋里不光有张大千、徐悲鸿，就是吴彬、李在，也拎回来过的。"吴彬和李在是明代莆田籍宫廷画家，吴彬还是中国古代书画拍卖的最高纪录保持者，他的《十面灵璧图卷》拍到了五亿多，南洋明这个牛吹得未免太大了。

小段肝病去世后，我跟南洋明几乎断了联系。一则跟他确实不熟。二则他派头十足,不是很愿意主动招呼人。以前有小段积极联络,我可以忽略人际中的生涩部分,轻松做个路人甲。现在让我扮演自来熟,实在是拉不下老脸。三则小段英年早逝,于我多少是个阴影。人与人的关系就是这样,一个人的出离,往往会带走一群人的亲睦。但是逆转的契机也可能不期而现,比如经由树葡萄的偶然交往,南洋明和我莫名变得热乎了起来。吃了媳妇带回来的树葡萄,我大呼过瘾,味蕾之欢刺激多巴胺分泌,我找到南洋明的微信,咻咻咻一段语音,把他的果子和豪阔大大夸奖了一番。南洋明的回复顷刻便至,他像是拿着手机等着接我语音似的:"你这么骄傲的人,居然肯给我发微信啊!"——哈哈,谁骄傲呢,真是的!

此后便经常去南洋明的果园体验"水果自由"。"那棵菠萝蜜,台湾买回来的,十二万一棵。菠萝蜜旁边那棵巧克力布丁,也是台湾进的货,便宜点,十万不到。"南洋明林间踱步,派头十足地左右比画。"是用麻袋装回来的吗?"我逗他。南洋明没接住这个梗,一时有点愣怔。"阿明,我一直想问你一件事,你以前去东南亚收字画,真的收到过吴彬的真迹吗?""吴彬,收过。董其昌都收过的。""吴彬比董其昌拍卖价高嘛。""不要欺负我没读书,明明董其昌名头更大。""吴彬呢,卖到哪里了?""忘记了,经手太多了,一麻袋一麻袋的……"南洋明忽然像个孩子一样笑了。"可惜小段不在了,小段疼孩子,不然可以喊他带孩子过来一起摘果子。"停了停,我忽然叹了口气。"我这果园不对外的,我最讨厌叽叽喳喳乱来……你说小段哦,以后不要提了,人都走了,提他有什么意思……"

好,不提就不提。此后去果园,也不提丽丽了,丽丽的嫂子也不提。反正黄皮好吃,莲雾好吃,灯笼果、猕猴桃更好吃,他不再喊丽丽和丽丽的嫂子来,我们也懒得做节外生枝的假人情。果园的果子品种多,我们不知道哪棵树上的果子什么时候熟,就等南洋明招呼。微信一来,我们就开车去他楼下接他,桑葚、菠萝蜜、巧克力布丁,树上有什么,我们就摘什么。去了几回,终于按捺不住好奇,问,"阿明,果园这么大,果子这么多,为什么不对外开放?""你不知道吗?我生病了,差点被带走了……""啊?我真不知道。""不过,现在看来没问题了,我自病自医,很快就好了。"南洋明又把下巴仰起来,夕阳透过林间照在他头上,满头白发闪闪发光。

南洋明的果园在老家,老家背后有座山叫岭头尾。又一日,他心情大好,邀我驱车到山脚,一路徒步到半山腰大岭头。我满头大汗气喘不已,南洋明又仰着脖子骄傲道:"你这秀才,比我小十岁,气力还不如我。"我抱拳认输,连呼佩服。"你看,山脚下就是我老家,那里,那个房子就是我祖屋。那里,对,果园就在那里。我本来是想为老家做点事的,但是病了嘛。一病好几年,香港、澳门、马来西亚,都没力气去了。人家再叫'南洋明',我听了不自在,以后我要叫自己'岭头明'。"

那日在大岭头,南洋明告诉我,那里原来有座小土地庙,他父亲以前经常登爬到这里来拜求福德正神,据说有求必应,非常灵验。父亲临终的时候交代他,等以后有能力了,要把土地庙重新修起来。南洋明说,修庙是小事,主要是要等他身体彻底好起来才有力气修。"而且,虽然我没读过什么书,但是毕竟做过字画生意,总要做得雅一点。对不对秀才?"我探头搜寻,指了指草丛间一条石蹬道问,"这里好像有条古驿道?""是,要不要一并整出来?"南洋明兴致勃发。"这条古驿道通新县夹漈草堂,当年理学大家朱熹就是从这里走去拜访史学家郑樵的。""那太好了,我修。"南洋明昂然道。

隔年,大岭头的土地庙建好了,山间那一段古驿道也整出来了,南洋明让我写个碑记纪念这件事。我搜肠刮肚,憋出了两段话:

"大岭头,地处福兴泉古驿道。东接囊山、迎仙、福莆岭,西连东宫、后卓、白杜里,北上萩芦、白沙、古新县,南下涵江、黄石、兴化湾,昔乃四面通达之要隘也。朱熹访郑樵,经此北上夹漈山;乡人下南洋,岭头回望驻乡愁;名邦美名扬,府城西去二十里；金榜捷报至，东风传来第一声。

今有乡贤义士，感岭头风流，念福德恩施，遂慷慨而怀古。复驿道以通旧径，筑篱舍以安宾客，修庙坰以佑桑梓。嶝道岹峣兮，可阅往事千年，古木葳蕤兮，乃伴菠萝送蜜，实为风雅之快事哉！"

我把这篇所谓的"碑记"发给南洋明，附了一句话：见笑了哈，我是真的不擅古体文，只是很想把囊山、后卓、兴化湾这些字眼刻到石头上。过一会儿，南洋明回过来：我也觉得亲切，特别是"郑樵朱熹菠萝蜜"。

## 卡布奇诺与燕皮扁食

女儿在北京上班，发微信说想吃西天尾扁食。西天尾是我老家镇名，以擅做燕皮扁食享誉。除了扁食，西天尾有全县最高的山陈岩，陈岩山上有唐代古刹苦竹寺，隔壁山头有南山林寺，再隔壁有紫霄怪石，山下平原有天下"九牧林"祖地澄渚，有国内最早的"NIKE"生产基地协丰鞋业。虽是小山小村小景，列举莆田新旧风物，也是忽略不得的。但是对于大多数游子而言，家乡的山光水色还是太虚，怎么着都不如一份小吃来得实在。

扁食就是扁肉，跟北方的馄饨是一回事，就是用皮包馅，馅的主要材料是猪肉，杂以香菇、芹菜、虾皮之类。西天尾扁食的独特，在于皮是燕皮。北方馄饨的皮是面粉擀的，所以对于北方人来说，馄饨的皮用肉来做，实在太奇怪了。散文大家汪曾祺先生二十世纪九十年代来福建采风，吃了福州小吃，觉得惊诧。《初访福建》一文中有这样的描述："福建人食不厌精，福州尤甚。……鱼饺的皮是用鱼肉捶成的。用纯精瘦肉加茄粉以木槌捶至如纸薄，以包馄饨（福州叫作'扁肉'）谓之燕皮。……应该请东北人吃一顿这样的小吃，东北人太应该了解一下这种难以想象的饮食文化了。"西天尾扁食跟福州扁肉用的差不多是同一种工艺，差别在于馅和汤加不加虾油。我一直吃不惯福州小吃，就是不喜欢福州虾油的那份腥味。

西天尾扁食声名鹊起，也就这三四十年间。对于西天尾本地人而言，扁食并不是传承多年的吃食，我记忆里小时候就从来没吃过。我十二岁离开紫霄山脚的围庄，去莆田一中求学，印象里学校的食堂也不提供燕皮扁食这样的菜品。也许应该叫汤品更合适。我的不少同乡同龄人，他们在西天尾镇上读的中学，说是学校门口一直有摊点卖扁食汤。那个年代寄午寄宿的同学，都是拿饭盒在学校蒸饭，然后就着从家里带来的些许咸菜，胡乱扒拉，应付了事。条件好点的，才能买上一份扁食汤解馋。我的一位发小，后来成为莆田当地一家大型企业的高管，他是在西天尾读的初中。发小说西天尾中学门口的扁食汤，真是人间美味。他推测那锅里的汤是用龙骨炖的，满满一碗汤，面上漂着星星点点的青葱，青葱的下面探头探脑藏着扁食。扁食没几粒，不足为菜，关键在于可以添汤，就跟咖啡馆里咖啡可以续杯一样。我喜茶不喜咖啡，一直也没搞明白咖啡怎么续杯。应该就是续水吧，那续出来咖啡不就淡了吗？这个跟扁食续汤可不一样，扁食汤就是扁食汤，每一碗打出来味道都是一样的。

西天尾扁食的燕皮捶制，想来应该是一个复杂过程，具体怎么个复杂，商家自然不愿与外人道。我有一个表妹，早年嫁到镇郊的后卓村，先是在协丰鞋厂上班，后来有了孩子，不便早出晚归，就辞职去了邻居家做扁食。这邻居家有商业头脑，自己不煮扁食汤，就专门打燕皮包扁食，为镇上渐渐多起来的扁食店供应扁食。"打燕皮那个累啊！"我表妹说，"我左手臂都打得比右手臂粗了一大圈。"为什么是左手臂？我表妹是左撇子。"命苦打燕皮呀！都怪这左撇子，要不也像表哥表嫂会读书。""瞎说，难不成你们打燕皮的都是左撇子？再说你表嫂不也是左撇子。"我哂笑她，她只是一个劲摇头。

其实，西天尾扁食一开始就不是家常食物。平原上的人家，平日里农活细如牛毛,天亮到天黑都捋不完,谁家有闲心专门打燕皮包扁食吃呢。"哥你没吃过戏棚边的扁食吗?"表妹惊讶道。"哈,我光顾着去围观莆仙戏旦角描眉化妆了。"还真是奇怪,我小时候为什么就没吃过戏棚兜的扁食呢?灶具镶在木柜里,一头慢火熬制老骨头汤,一头铁锅捞扁食烫米粉,冬天的夜里,热气腾腾,雾气模糊了扁食大爷沧桑的老脸……想起来如在眼前,但真就是一种记忆或经验的空白。后面就不短缺了,伴随着协丰鞋业这样外资或乡镇企业的蓬勃发展,"一人食快餐"飞速流行开来:扁食汤里可下米粉或面,亦可扁食汤配干饭,可添汤,可加饭。西天尾镇上乃至莆田全境,扁食店如花次第开遍。老店直接叫"扁食富""扁食莺",后起的有"阿建扁食""陈俊扁食"等。如果小店新开,信心不足,前面还是要冠上地名,"西天尾阿建扁食""西天尾陈俊扁食",这样卖扁食的、吃扁食的,大家心里都踏实。几番观望之后,我表妹表妹夫也终于下定决心,表妹不再去邻居家打燕皮,表妹夫不再开摩的,夫妻俩在西天尾镇上新辟的一条街上租下一个店面,摆桌置椅,起锅烧煮,跟上了创业的节拍。

表妹大名燕珠,有意思的是他们家的扁食店并不叫"燕珠扁食",而是起为文绉绉的"回味"。问之缘故,答曰,打了那么多年燕皮,已经讨厌了那个"燕"字。我心里暗笑,那你还叫"回味"。表妹开扁食店，每天可售扁食数十斤，不用她说我也知道，店里的扁食必定是直接从原先的雇主那里进。那雇主夫妇，也就大表妹十来岁，三十年过往，当年做扁食的小作坊，已成远近闻名的"扁天下"。这个名字起得真是调皮，知道的都知道是要以扁食为志业，不知道的还以为他们是想做流氓黑社会。"扁天下"开在后卓村街内，前店后厂，店面用玻璃隔断，开了取货小窗，颇像早年学校、工厂食堂的模样。玻璃后一张大长桌，围坐十来位年轻姑娘，身穿统一服装，面戴统一口罩，一双双巧手上下翻飞，埋首包着扁食。她们的服装，也不知道老板怎么想的，居然是护士服款式。头上戴的帽子也是护士帽，只是服装、帽子和口罩都是粉色的，看起来像是一群护士下班了来这里做兼职。这是前店肉眼可见的情景，至于"后厂"，就是一个秘密车间了。我表妹说，那里养了二十条壮汉，一天到头挥臂抡槌打燕皮，"他们壮到都可以去南少林做武僧了"。如此想来，把店名取为"扁天下"，也是不无道理的。

女儿去北京快十年，读了本科读硕士，入职公司落了户，本以为从此长做京城人，无非面食、白菜、酸辣汤。没想到自从有了锅碗瓢盆，乡土情怀日增，时不时念着要吃老家的风味。好在如今网络与快递发达，微信指示，朝发夕至，家山比香山还近，快递小哥跟表哥一样亲，西天尾扁食飞到北京锅里，"扁天下"也有了征服天下的意味。

"扁天下"一开始就这么有志向吗？说起来让人感慨。最早的时候，就是一个小小的食杂店铺，香烟、零嘴之外，打点燕皮包点扁食售卖。女主人叫阿玉，阿玉年轻的老公，据说因为打架斗殴进了监狱。一个小女孩尚在襁褓中，阿玉背着她，每天在店门口一张凳子上包扁食。慢慢的，食杂店的生意不见起色，扁食却越卖越好。继而撤了食杂，家里老人一起过来帮忙。我表妹入其作坊，那是几年以后的事，谁能想到阿玉一个人能把扁食生意做得这么好呢。阿玉的店里后来还拉了一部收费公用电话，那几年我在后卓中学当老师，当时流行传呼机，我回呼机就到阿玉那里去。三十年前，就是在阿玉家那部电话上，我回了城中一位老大哥的呼机，他告诉我，"我们单位的领导拒绝调用你，你再从别处努力吧"。我那时一心一意想离开那个小地方，结果努力了半天，功亏一篑，我的心里惆怅极了……低头离开时，我忘记了付费。阿玉当时并没有提醒我，她只是静静地看了我一眼。多年以后，当我想到那个让人沮丧的电话，我总会记起阿玉那对深沉的眸子。后来到底有没有把钱还给阿玉？太多年过去了，怎么也想不起来了。

几天前，在莆田一家咖啡店，我偶然认识了店主人，一副女文青打扮。她说她也是西天尾人，我看她眼神，总觉得似曾相识。后来她问我，你知道"扁天下"吗？那是我们家开的。我这才一个激灵想起来，原来她的眼睛长得像妈妈，静而黑的眸子，看人的时候有一种深沉的感觉。咖啡姑娘告诉我，这咖啡馆只是业余时间拿来玩的，她的正经职业是狱警。

咖啡姑娘要请我这位老乡喝一杯咖啡。我不假思索应道，好啊，那来一杯卡布奇诺。其实我根本不知道"卡布奇诺"是什么味道，平时我是不喝咖啡的。那天在那个咖啡馆，我坐了好久，但是始终没有问那位小老乡，你为什么要去做狱警？你们家是做扁食的，你为什么要卖咖啡呢？其实我更好奇的是，她爸爸是什么时候出来的，"扁天下"是父母亲一起经营的吗？这些我都没有提起，那天我们的谈话都围绕着西天尾的人文地理进行，什么苦竹寺啊，陈岩传说啊，九牧流芳啊，等等。我们聊得挺多的，但就是没有聊到燕皮扁食。

## 想见你

晚饭后，鞠教授发微信来问："黎兄近来可好？"我邀两位许久未见的老友喝茶，离约定的时间尚有半小时，于是问："电话说几句？"鞠教授的微信电话就过来了。我挂断，直接打了她的手机，听筒里传来了鞠教授爽朗的笑声。

"为什么不用微信电话啊,现在谁聊天还用话费?"

"我在外面哈。而且总觉得直接打电话更庄重,何况通信套餐根本用不完。"

"套餐?这么守旧呵。"

"五部手机,一条电脑网络,一部固定电话,这些连成一套,一个月也才两百多……"

"其实,两百多也不便宜。"鞠教授笑道。

"嗯,那我什么时候重新做个调整。"我欣欣然道。

鞠教授擅长周密规划。印象最深的一次是游教授来福州,我邀她一起餐叙。"说起来游教授算是我师兄,师兄那么出名,至今却未曾谋面。只是……我不能喝酒。而且,没时间陪你们喝茶长谈。"那天晚上的情景是,鞠教授自己开车把孩子送到辅导班,然后打车过来陪游教授吃饭。席间,她滴酒未沾,但是鼓励我可以喝几杯。之后,她开着我的车载着我和游教授一起去了茶馆。把车停好后,她打车去了儿子的辅导班。整个过程不动声色,哪头都不耽误。"为什么轻轻踩刹车,大车小车都要前后一顿?这个问题我一直搞不明白。"在一个红绿灯前停步时,鞠教授这样叨了一句。后来跟游教授喝茶时,我对鞠教授超强的规划能力赞不绝口。"江南女子,素能持家。"游教授点评道。鞠教授是宁波人,在南京读的中文本科,毕业后因为一场爱情到了闽北一家媒体，后来跳转省城，主理一家晚报的副刊，我认识她就是在此期间。再后来，她考了游教授就读本科的那所大学的硕士、博士，然后留下来做了这所大学的讲师、副教授、教授。这些差不多是在二十年内完成的，如果不细说其间的波折和艰辛，别人根本看不出来鞠教授是外省人，也看不出来她曾经从事过极其烦琐的采编工作。"踩刹车的时候，车子为什么会前后一顿？"这个问题我也察觉过，但我不会费心揣摩，游教授估计也不会，只有鞠教授一直记挂着。不知道后来她找到了答案没有，但从多年老友的观察角度，我几乎可以确认，正是基于如此这般超乎常人的洞察力，鞠教授后来不靠导航就能在福州城里游弋自如。福州是一座对外省人来说，形象比较模糊的城市，北部山南面水，中间街巷新新旧旧，一副温吞水不易描述的脾气。真要把它摸透，其实挺不容易的。那次小聚，鞠教授对一些角角落落的熟谙，甚至让游教授感到惊讶："你对福州比我还熟啊？"游教授有此感触是因为他虽然生在闽西长居岭南，但是毕竟在福州读了四年大学，他的弟弟在福州工作生活，他的岳父岳母也常住福州，说来说去，他才算是福州的熟人。此熟如今已不如彼熟，跟所谓的城市变迁关系不大。游教授每年暑假、春节，一般都要在福州住上几天，见见亲戚和朋友。关键还在于鞠教授的敏锐和细致，我跟鞠教授开玩笑:"你要是来我们莆田学院做客座教授,没几天可能就会反客为主,比我更懂莆田。"游教授听了不由大笑:"鞠教授就是搬到澳大利亚去,恐怕也会把悉尼歌剧院的回音原理搞透透的。"

悉尼歌剧院的声学效果是一个"世界之最",就是说,无论坐在歌剧院的哪个位子,观众听到的演出声音都是一致的。游教授以此类比,可见他这位文学教授的知识面十分驳杂丰富。我已经想不起来那次福州小聚到底是十几年前的哪一年,但是记得很清楚的一个细节是,开车接游教授到吃饭的地点后,我们又走到了街头。"我岳父的一些常用药快吃完了,我去帮他准备一下。"在药店跟白大褂店员沟通的过程中,游教授展示出了对药物成分和作用的熟稔,看来之前他是做过功课的。我不是要在这里夸奖游教授对岳父的孝心,而是对他超凡的记忆力表示由衷的诚服。别说成分和作用,光是那些稀奇古怪的药名就足以让我错乱。每次赴福州跟游教授见面长谈,归家后和妻子闲聊,我总是感叹,有些人的天资就是不同凡俗,难怪游教授会是游教授,鞠教授会是鞠教授。

经由鞠教授的一次电话聊天,激活这些记忆因子,是因为和他们实在是太久没有面对面聊天了。一方面固然是因为三年新冠疫情,别说是晤面,就是"云聊天",彼此也都提不起劲了。再一个当然也跟电子信息大爆炸有关，鞠教授是研究新闻传播的，那天的电话里她不断提到了"新媒体""网络语境""后疫情时代"等专业词语，"所以，你有没发现，从一开始我的微信里就没有'朋友圈'这个界面？""嗯，我知道的。我跟游教授也都不爱发朋友圈了。"

"说起来好笑，"我又把话题绕回了那份电信套餐，"根据协议，他们还赠送一个摄像头，就是连线手机可视的那种。那天你嫂子刚好不在家，业务员满腔热情跑来安装起来，结果你嫂子回来差点翻了脸。"

"哈哈哈……你家闺女在北京，家里就你们两口子，谁监控谁啊！"鞠教授大笑，停了停又道，"不过是不是可以安装在老人那边？"

"那也不行，你嫂子极其厌恶监视和被监视。宁愿辛苦一点，每天过去看一眼，也比拿手机看视频妥帖。"确实是这样的，十年前有条件搬到市区却一直待在这里不动，当然是跟岳父岳母年事已高有关。如果一定要说出更内在的情感逻辑，于我这边，或许也可以称之为"回报"，当初我母亲在乡下过世，岳父岳母可是一直催促接我老父亲过来跟我们同住的。说"回报"当然不准确，不仅见外，且有算计之嫌。其实并没有那么多的说法，哪边的老人不是亲人，不想跟下一代住得近一点呢？

就是游教授那样的大忙人,一个人回福州讲学,也要在岳父家住上一个晚上陪陪老人家的。"所以,后来你妈妈呢?她不是闹着要回宁波乡下吗?"我又想起那些年里鞠教授的种种不易。

"我妈厉害,她是'社牛',小区里现在混得比我还熟。"

"原来你的基因在这里啊。"

"我哪有社交能力……还不都是被逼出来的。"鞠教授嘟囔着。

"儿子大学应该毕业了吧?这几年疫情,在美国可够呛。"

"是澳大利亚。记得上次已经纠正过。"

"哦,上次是哪次啊?老了,怎么也想不起来了……"我沉吟道。

"不是老……是大家太久没见面了。"鞠教授的语速变慢,可以猜到那一刻她一定想到了一个有关传播的什么新观点,"所以,我想问一下,作为写作者的黎兄,最近在关注什么题材?"

"题材上也没什么明朗方向。但确实是觉得有必要好好去见一些人了,线下,面对面,一起喝个茶,喝杯酒亦可。近的就走路去,远的开车,就是开很长时间的车、坐动车去也行……"

"好主意。"鞠教授的声音里明显有了向往的意味。

"我有个计划,跟一百个人见面,拜会五十个老朋友,结识五十个新朋友。我想看看他们在做什么,我想跟老朋友一起回忆往事,听新朋友讲述他们的故事……你看如何?"说着说着我渐渐兴奋了起来。

"这真是个有意思的课题。要不,我挑一两个研究生跟拍你的这个'百人谈'计划,再邀请几位嘉宾来谈谈你的这个'行为艺术'?你最近有见到游教授吗?你要记得把他列入见面计划,最后我们一定要请他来做嘉宾。嗯,太有意思了,想想就让人有了做事的热情……"

"呀,我不是这个意思。我只是想以一个普通人的身份,去见见一些人而已。谈不上是什么'行为艺术',如果拍成视频,那就太刻意了,而且又掉进了信息流量的坑里。另外,目前也没有要把这一百次谈话写成文章的想法。要是这样想了,恐怕也没意思了。"我忙不迭地这样说道。

"也对……让我猜猜,你第一个想见的人,会不会是初恋?"鞠教授又笑了。

"哈,初恋?还真不是。那么,我要把她放在这一百人里吗?"我哈哈大笑起来。

这次电话长聊里,我没有告诉鞠教授第一个想见的人是谁。我也没有告诉她,跟她通过这个电话后,我在茶馆约见的那两位老友是谁。虽然我跟他们身处同城而数年未见,但我还是想把这次见面当成日常生活中的一件小事。只是刚好而已,我确实是有心,对方也没拒绝,那就一起坐坐,喝几杯老茶,说几句闲话。其中一位老兄一直没有加我微信,如果他觉得可以,那就加上,以后再约也方便一些。

至于游教授和鞠教授,倒不在我暗自忖度的五十个老朋友的名单上。我确实是不必用心做这样的规划,只要游教授再次回到福州,我们应该是会见面的。鞠教授那边,那就更方便了,也许这个周末,我就可以见到她了。这次我一定不会记错,她的儿子是在澳大利亚留的学,而不是美利坚合众国。至于那个眉眼清秀的小伙子有没有去过悉尼歌剧院,那就要当面问鞠教授了。

# 邻虚尘

## 01

去陈少峰老家东阳村晒太阳，同行有建荣夫妇、媚珺夫妇，还有薛志远。志远穿了件高领毛衣，看起来上身特别笔直。我调侃他，一看就是活得比较有派的机关干部。他大笑，"老婆卖衣服，钱是没什么钱，新衣服可以随便穿。"我随口应之，"这么说来，我应该搞个大笔记本，随手乱写一通了。"众人遂起哄，"你是作家，有字就能卖钱。有了钱，就能天天穿新衣服了。"

下午，少峰发了条朋友圈，阳光下我脱了羽绒服，比着手势说着什么。少峰老家在村部隔壁，晌午我们其实就是在村部前面院子里喝的茶。这张照片背后有个标志，白底刷着一行蓝字，"拱辰街道东阳村避灾点"。我手痒，在这条朋友圈下面说了一句：拱辰皆为爱，东阳可避灾。志远跟道：十个字了，可以换十个纽扣了。我回复：不，是十二个纽扣，标点符号也算字。

## 02

寒潮来，夜3℃，鱼池里最大的罗非鱼阿胖，挣扎到天黑，翻了肚皮，死了。葬它在屋顶枣树下。下来一看，又九条小罗非翻了肚皮。捞起来，葬它们在香椿树下。

夜读爱尔兰90后萨莉·鲁尼长篇小说《聊天记录》，简单，清新，是90后的味道。

## 03

去南坛洗温泉，客多，需排队。一女士近身来问："你是黎晗老师吗？"我问："你是谁？"说是军民中学92届的，那就是我刚毕业带的第一届了。"老师你语文讲得好精彩啊！""老师你好上进啊！"

可以确认的是：我当年语文确实讲得精彩。不能确认的是，她虽然可能听过我的课，但一定不是我的学生。我的学生不可能叫老师"你"，我记得很清楚，当年很用心教过孩子们"你"和"您"的区别。尤其在公众场合，该称呼"您"的时候不称呼，是要被扁的。南坛温泉是公众场合，这一点是可以确认的。

## 04

罗非鱼又死了十三条，只剩下三条了。原来游来游去，数都数不过来，现在陆陆续续翻肚皮，死几条，活几条，都看得清清楚楚。捞到楼上屋顶，葬在龙眼树下。十三条蛮有分量，挖了好大一个坑。

去理发，满罩衫的白头发。

出理发店，街头小走，遇涵江区老同事方国忠。国忠原来在乡镇，现在回了机关，任一个闲职。两个人在街头杂七杂八聊了一会。离开涵江区快七年，好多人名渐觉生疏，有的甚至要侧首细想才能想出相关联的某些物事。可这七年，我明明还是住在这里啊。将来，我是不是可以说自己是"客居"涵江？

## 05

《福建文学》散文编辑陈美者写邮件来，说是《寸节皆花》

字数太多,"如果节选会支离破碎就另投他处"。想来她是集中在电脑上处理来稿的,用的是工作模板和职业语气。我在电子邮件上回复,没事的,我自己删,十分钟就能搞定。确实十分钟就搞定了。一节一节的,是并列关系,很好删的。美者是莆田老乡,也写小说和散文,如果要举出福建省内十位关系比较近的文友,她应该算一个。但是,谈起稿子,用不用,怎么用,始终就是这种"并列关系"一样的关系。其实蛮好的,老乡是老乡,朋友是朋友,稿子是稿子,这样彼此都轻松。

## 06

　　H大姐去世,好几位文友在朋友圈发文悼念。二十多年前,她对我也是关爱有加,后来交往渐渐稀疏。究竟是怎么淡薄下来的,却怎么也想不起来了。她对年轻作者,一直有着不竭不绝的惠爱。但是,对那些已经长出枝枝丫丫的老青年、小中年,似乎并不能有新的认知和判断。为尊者讳,不该这样说她。毕竟这样的大姐,福州城里也没几个。

　　昨夜又霜降,最后三条罗非鱼全部完蛋。这次没有土葬,直接扔下水道冲走了。

## 07

要过年了,特意擦拭了古琴盒子,下午带到莆田城内,傍晚联系林群群,告知"心境未至""无法坚持""不想学了"。这才得知,原来老师生病了,无法出来会友,身边暂时也没人可以出来接琴。只好又把古琴背了回来。想来好笑,群群给我这张琴,在家两年,拿出来练习不超过十次。终于明白,自己真不是那块料,没那份耐心,吃不了那种苦。所谓"心境未至",其实是一种矫情的说法,就是没那本事。再怎么喜欢古琴,再如何信誓旦旦,没学成就是没学成。不叫半途而废,知难而退也是一种矫饰的说法。就是笨蛋一个。

## 08

散文家陈元武返莆,约他一起喝茶。元武化学专业出身,近中年而爱写作,以理科思维研究散文流变,居然把自己写成了《散文》《散文百家》一类杂志的头条作者。闲叙两小时,元武忽然叨了一句,真奇怪,莆田这么多作者,怎么都没有往外投稿的热情?我说,这下你知道我有多么孤单了吧?

## 09

吃午饭的时候,媳妇说了个事。他们单位医保中心有位姑娘叫小姚,小姚原来在区卫生局下属的农村医保上班。小姚要评职称,找中学同学小赵帮忙。小赵在省内某监狱任狱警,他爸爸老赵就是小姚的顶头上司,卫生局局长。小赵快言快语:我老爸好说话,给他送点烟送点酒,不要送红包。小姚听了跳脚大骂,奶奶的,同学爸爸还要送礼,太过分了,不评了!

老赵退休后被揪出来,判了刑,关在福州某监狱。小赵找过去,跟同行递话:当初我能进监狱系统,说明我们家在这块是有资源的,所以,你们不准欺负我老爸。

我听了敲碗大赞:老赵厉害,这个局布得漂亮!

## 10

和永珍、莞心一起吃饭。永珍、莞心是银行业资深员工,置身其间,见多识广。不知为何就聊到了金融系统的一些旧事,已锒铛入狱的某大佬,包养十九岁小姑娘,那女子后来居然成为某证券公司中层。某公司董事长出差,从来不带换洗衣服。秘书就地购买名牌多件套,离开时,衣服直接扔在了酒店。这个董事长好像还没被抓,已经退休若干年。

我说这还是俗套,我听说一位领导,出差时住要住酒店最高级的房间,但是从不接受宴请,就一个人躲在那房间里吃泡面。这种人最阴险,总感觉他在处心积虑谋划着什么。她们俩好奇,连问是谁。我说,还在位,不能讲。而且有很大的概率,这种人不会被揪出来。

## 11

海烨在湖北美院读雕塑,他妈妈小芳带过来喝茶。问抽烟不?他笑称,可以来一根。小芳有点着急,瞪了一眼。

问海烨未来有什么规划,抽了一口烟没回答,忽然请教起了宗教、哲学、死亡焦虑等等,把他妈妈给吓的。我笑笑,泡茶来喝,慢慢他谈起了自己的毕业设计,想用家乡的民俗素材来做一些装置。我说很好啊。再问,可以用"拜拜"的元素吗,比如灯笼、贡银、纸钱什么的?我说,很好啊,艺术嘛。小芳更着急,反复瞪了几眼。

母子回去后,媳妇问,你怎么看海烨?我说很好啊。"可是,为什么会提到死亡焦虑……""学美术的,不关心精神性问题,那学什么?""小芳估计晚上又要失眠了。""哈哈哈,无非就是一些概念。海烨知道我是作家,总要飙一些酷炫话题嘛。"

## 12

跟神经内科的医生朋友闲聊,提到朋友某某,刚到新单位没多久,已经抑郁成疾。医生朋友说,不奇怪,某区委书记,某主任,都有不同程度的抑郁。那某主任我认识,之前一位心理咨询师告诉我,那年轻的某主任是她同村的,有一天打电话喊她过去,一到办公室就把门反锁了。我吓一跳,以为要发生什么不愉快的事。那心理咨询师赶紧说明,不是你想的那样,人家是正处级干部,再说我们是同村同一个祠堂的,论辈分,我比他还大一辈。"他说他难受,头痛得要炸裂开来……后来我疏导一番,他趴在办公桌上哭了有半个钟头……"

我原来对那某主任印象不佳,主要是因为他个头不高,走路外八,一副不可一世的样子。如此听来,也就没那么讨厌了。

## 13

俊荣邀往北高。山前村观花,因为疫情,花没种活多少。

花又不会中新冠病毒，是人没了精神。山前村的村委会建得漂亮，大概跟此地拥有众多珠宝商有关。有意思的是，村委会的办公楼跟三座庙建在一起：文昌庙、关帝庙，还有一座名字没记住。村委会和庙在同一堵围墙内，大门上书"永禄书院"。这到底是什么来历和说法？问陪同的朋友阿飞，阿飞也说不清楚。

后来去阿飞家参观，院子大到惊人，院内植有油杉，正结着松果，数了数，有六个。阿飞家还有地下室，布置成家庭影院和酒窖。问他平时看什么电影，阿飞挠挠头说，平时也不在北高，做珠宝生意，不可能老待在老家，"我老父亲爱看莆仙戏，可是莆仙戏的DVD太少了"。

## 14

午睡起来去郭后找草人儿家的阿破拿罗非小鱼。郭后溪溪水退了，可步行至离坝一百米处。在河滩上捡了几块鹅卵石，装了一袋河沙。临走时，阿破说他后天要飞阿根廷，"阿根廷金融崩溃，原来一个超市值三四百万，现在跌到一百万。日子难过啊，我要去阿根廷做乞丐了！"问他可不可以不去，他扮鬼脸道："总不能在这郭后溪捞罗非鱼过日子啊！"问他什么时候再回来,怅然道:"也要一年吧,疫情严重,机票太贵了。但是再贵也要回来,孩子这么小,老婆出不去。"

阿破提议加微信。加了,到家把小罗非鱼倒进鱼池,拍了张照片发给阿破:"到阿根廷后,发几张照片过来。阿根廷那么神奇的国度,我只认识你一个朋友。"

## 15

医院的林博士约饭,说是昨日偶遇,他家公子东东"顿生崇拜之心","想做忘年之交"。哈哈笑着答应下来,这些年女儿在北京,时不时肠胃不适,没少打扰胃肠专家林博士。欣然赴约,水哥作陪。水哥闺女宛约和东东是高中同学,水哥是莆田语文名师,指导过东东作文和阅读。林博士是莆田名医,为水哥父亲做过肿瘤切除手术。朋友嘛,就是这样帮来帮去才成为朋友的。

东东入福建医科大学口腔专业两年,对口腔这"毫无科技含量"(东东语)的专业始终提不起兴趣。乃自学数学、哲学、文学、天文学,抽象而出离,什么玄乎爱什么,说他心不在焉也不过分。宛约也是,好不容易考上西南政法读热门专业法学,赛程未过半,却对赛道产生了怀疑。水哥问她想转什么,答曰：目前能想到的，只有文学。

林博士希望我能为东东做点类似于职业规划的点拨。我沉吟良久，竟说不出几个成型的句子。只好搓起草绳：当然，其实，不管怎么讲，说到底……文学是很美好，但最好只做业余爱好，悠游享之，不必耽之。如此云云，说了等于没说。

散场回家后，收到东东微信：听君一席话，胜读十年书。我回道：你才读两年口腔医书，不要浮夸。东东大笑。

## 16

傍晚去龙东泡温泉。还是去年常去的"安定温泉"，最靠小径深处，地偏路窄，人们不以为意。男女主人老实，嘴里没有一句生意话语。也不是没有生意，只是不如前面几家热闹。不热闹最好，泡温泉嘛，当然是人越少越好。

之前没注意，这次忽然发现二楼门楣上有石刻"安定流芳"四字。莆田人喜欢认祖归宗，到处是"江夏流芳""彭城衍派""九牧传芳"，从未听过有"安定流芳"说法。想问，后来泡完温泉出来，满头满身热汗，擦了又流，拭了又冒，就把这事忘了。

## 17

上午上班高峰期,市委某主任被纪委四位大汉从3号楼停车场带走。据说是步行慢慢押送到7号楼纪委那边的。

有年轻同事不解问,为什么不直接用车载走?

我笑,知道什么叫"游街示众"吗?这就是。

同事又问,反正都是进去,干吗这么麻烦?

我再笑,那某主任一向骄矜,先杀杀他的傲气。估计人没到7号楼,气就散了大半。

## 18

白塘大地湖心岛开了家"姜梨"咖啡,老板叫钱小磊,小伙子白白净净的。开咖啡馆的大多蓄须,且络腮,且装老,小磊这样上下收拾得干干净净的确实少见。"姜梨"也收拾得蛮干净的,临水,种了一些柳树,柳叶儿软软的,垂到了湖面上。柳树下可泡茶,可喝咖啡,甜品摆在矮矮的小木桌上,也蛮好看的。就是蚊子太多了。

"姜梨"二字挺美,读起来好听,像是一个女孩子的名字。就是有点好奇,那个叫姜梨的女孩,她真的不怕蚊子吗?

## 19

罗非鱼连馒头渣渣都吃。

朋友圈里阿破在哀嚎：阿根廷疫情又暴发。

## 20

去白沙龙西，寻至外度水库溪南段，听一段鸟鸣声。录下来，发朋友圈，显示地址为：梨壁。泉州的夏天评论道：跟着陶醉了五分钟。

返城，去紫阳小饭馆吃辣。一盘回锅肉，一盘泡菜炒豆干，一口气干掉两碗米饭。问多少钱，老板的大闺女边玩手机边说"三十四元"，这才发现，这小姑娘已经长成大姑娘，可以做前台了。忘记是哪年来吃这家小饭馆的，只记得当年那个黄毛小丫头真是满头黄毛。

## 21

小何帮忙来修门锁，换灯管，调音响。

完成后，铜锁跟灯一样亮，大喇叭的音响有铜锁一般的音质。

小何是江西人，在莆田当兵，退役后在涵江工作，娶的是我老家隔壁村的女子。因为这种关系，对他感觉特别亲。

## 22

去工艺城找林建军聊天。建军提到了一件有意思的事，他的外公，曾经盖过全村最大的房子。儿女们长大后都不在身边，老人晚年就一个人守着那栋大房子，开门关门，防火防盗，直至终老。"外公腰间的那串钥匙，是我儿时极为深刻的一个记忆。""成年后，我给自己立了三戒：一不守财，二不盖大房子，三不把钥匙挂在裤腰带上。"

## 23

张勇健力邀去他家吃饭。粗糙的人有朴素的直接的爱，迎面扑来，让人微微出汗。

## 24

黄昏，在涵江兴化湾海边吹风，看到跳跳鱼原来是在水面上跳的。

## 25

驱车去泉港区天湖寺找正参法师喝茶。法师说起"邻虚尘""极微尘""极略色""色边际"等，颇有意思。（回来后稍稍查了下，"邻虚尘"出自《楞严经》：汝观地性，粗为大地，细为微尘，至邻虚尘，析彼极微，色边际相，七分所成，更析邻虚，即实空性。）

又及：人死后二十四小时内不可动之，灵与肉未分开，触肤极疼。是灵舍不得离开世间的名、利、物、情。此时，摸其身，头顶有温上天庭，双眼有温为圣人，肚脐有温是饿鬼，膝盖有温属畜生，脚底有温下地狱。

时值寒冬，法师穿得比我少。我们一起喝了泡老生普，感觉颈背有细汗冒出。

# 秋香楼外

## 秋香楼

　　下午去方晓老家九峰顶坑兜了一圈,看了几幢老房子。最壮观的独体老建筑,方晓说是当年莆田县建筑面积最大的,名为秋香楼。古人的心思,真是温柔。其实也不古,就是民国。想起几年前,好友发达,购置了一栋别墅,请我起个名。想了半天,出"仙林美庐"以应。主人仙游林氏,太太姓卢,不用解释,满心欢喜请书家题字做匾去了。如今可见,我也是俗人一个,而且还不是一般的俗。俗而求雅,俗而取巧,已是恶俗。

　　后来在方晓家老房子门前院落里坐到了天黑。方晓原来在市艺校任教,讲的是传统莆仙戏知识,编外人,工资少,还老被欠薪。他是真爱莆仙戏,对戏剧传统的唱腔、科介和种种样样的表演艺术，有着坚定而近乎孤勇的虔敬。于是苦熬，终于熬不住，年前辞了这份教职，去一家研学机构做活动策划，经常带队在户外扑腾，整个人晒成了一段黑炭。好在敦实，看起来有一种脱离了苦厄的健朗。聊着聊着，自然就聊到他的家庭，父亲早逝，没有兄弟姐妹，母亲一心敬奉妈祖，已经在九峰村和隔壁村里募捐修了两座妈祖庙……说起来自然让人唏嘘，然而方晓好像并无什么怨言。莆仙戏和妈祖，是此地传统最为厚重的部分，我好像也找不出特别有说服力的理由来劝解他。

这是庚寅年正月初一，传统纪年里的第一天，我真心希望方晓在新的公司能够过得好一点，工资高一点，按月发放，不要拖欠。另外，我最希望看到的是他在新的一年能够邂逅一位"秋香"，毕竟老方家只有他这么一个儿子，毕竟他年纪也不小了。我是俗，但这样说应该不算恶俗。

## 华南派

吴重庆教授建群组队，跟随郑振满教授一起去黄石体验文化人类学范畴的"田野调查"。吴教授是我近年才认识的乡贤，几年前读过他的成名大作《孙村的路》。这部书是以他莆田老家孙村为研究对象的，课题涉及通婚圈围、俗例之变、灵力兴衰、同乡同业等，贴地入微，以小见大，宽广活泼。当时心里就想，这个文化人类学教授好可爱，要想办法认识他。然而问莆田文友，却没有一个知道。孙村在埭头，问作家里的埭头人郑国贤先生，也不认识，而且好像压根不知道埭头有这么一个在中山大学做教授的吴重庆。后来是李文雅，还是卓晋萍，她俩是老闺蜜，搞不清楚是谁介绍的，反正李的朋友就是卓的朋友，就认识了吴教授。以后吴教授返乡，经常就是四人局。后来又结识了在中国社科院做研究员的郑少雄博士，这样就变成了五人局，感觉一下子离文化人类学就近了。

郑振满教授是国内历史人类学"华南学派"开宗立派的大教授。何谓"华南学派"？好像也没有一个统一的定义，从学术界的发言里归纳，这个学派特别注重民间文献，注重田野调查，从普通人的经验事实出发，重新理解和解释中国的历史和文化。之前写文化散文系列《锦绣堆》，没少读他老人家的大著，《明清福建家族组织与社会变迁》《福建宗教碑铭汇编》一类，算是下过功夫学习的。郑教授是仙游枫亭人，和莆田一样，正月初二，也是依那个奇怪的旧例，不走亲也不访友（嘉靖四十一年除夕倭祸，莆田人离家避乱。年后正月初二，亲友互访探查存亡情况，此后，这个日子成为独特的"探亡日"）。于是大家伙儿，几部车，十几号人，浩浩荡荡跟着郑教授去他曾经徒步访问过的莆田南洋平原"走村看庙"。沙堤、金山、遮浪,这个里那个甲;祠堂、社、坛,各种各样的庙;碑刻、布告、造像,蛛丝马迹的人神印记。吴教授精准设问,郑教授精辟解析,这田野里的课堂着实生动。

晚上带两位教授去笏石"国勇卤面"吃饭,郑教授吃得高兴,问,为什么这家饭店这么好吃?我答,因为有锅汽,关于地方美食、个人写作,我一直在学习郑老师的"华南派"。吴教授接着问,你是怎么发现这样的小饭馆的?我答,这是我的孙村我的路。众人闻之大乐。

## 白　沙

正月里天寒骨冷,去白沙泡温泉。出来后,坐在户外大埕上,边擦汗边看澡客往来穿梭寒暄。

这是一处小泉眼,蛰身于白沙镇街一公里外,若不是当地朋友引导,我们这样的山外客领略不到如此乡野情趣。所谓"乡野"是指地偏,隐身于村庄角落;泉小,仅四五个小汤池,池也特别小;来泡澡的除我们几个,都是当地的村民。因是本乡本土人,他们进进出出少不得寒暄几句。话虽不多,但都是会心一笑的熟稔亲热。我侧耳聆听,感觉蹭到了一种温暖。

我对语言算是天生有些敏感，莆田话虽然同宗同源，但平原和山区还是有些差别。山区的本地话，吐字舌头音比较厚，每当我想起山区乡亲的"厚朴"，耳畔总有他们厚舌音的回响。温泉在地底奔流，山们逶迤连绵，听着此起彼伏的莆田厚舌音方言，一时间竟有些迷醉。

忽然，两位山里大嫂绘声绘色的对话吸引了我。

"阿芳伊们家这几年做大好呃？"

"大好，很大好。"

"阿芳这个小娘大'jiájì'啊。"

"伊们一厝小娘都是大'jiájì'。"

"小娘"是莆田对已婚女人的称呼，"大"是强调，"jiájì"翻译成汉字是"夹漈"吗？在莆田，"夹漈"二字独属于宋代史学大家郑樵，他当年避世的山叫"夹漈山"，隐居的草堂名"夹漈草堂"，同代士子尊称他为"夹漈先生"。故世后，里人敬之，乡邑祭祀，尊称"夹漈公"。

我跑过去问那两位大嫂："你们刚才说的'大jiájì'是什么意思？"

大嫂听了哈哈大笑。"你不知道啊，看来你是城里人！'大jiájì'，很厉害，很聪明，很会做事！"

"呀，看来我不'jiájì'！"我也哈哈大笑。

我再问:"你们说的'jiájì'是'夹漈公'的'夹漈'吗?"

"夹漈公我们知晓,生卒日都要拜拜的,夹漈公'大有舍'(指很灵验)。但我们不知道'jiájì'怎么来的,古人怎么说我们怎么学嘛。"

我不再怀疑她们说的"jiájì"就是"夹漈"。为什么不是呢?九百多年前,夹漈先生就诞生在这块有温泉的地方,故世后,也葬于此地不远处。"大夹漈",很厉害,很聪明,很会做事,郑樵不就是这样的人吗?

虽然我知道,"阿芳伊们家""大夹漈"并不是说全家很会读书,出了几个博士硕士。从这几年白沙人创业的故事里可以推测,"阿芳伊们家"大概率是出外承包加油站去了。

## 洋　池

晚上去妻子的老家洋池观看闹元宵。莆田的元宵一村一俗,都二月初五了,兴化平原还有不少村庄在击鼓传锣、鸣炮宴客。不知是何缘故,可能是因为田里沟里的水依然刺骨冰冷,农事上啥活都干不了,闲着也是闲着,就继续把菩萨抬出来逗乐逗乐。现在的民俗专家说这是娱神,也是娱人,应该就是这么个逻辑。洋池有"洋",这个"洋"跟普通话里"比海更大的海域"的含义不一样,在兴化平原,"洋"的意思是指水田。以前,莆田海边的人称平原上的人家为"洋面上的人",羡慕的是他们有水田可耕作,有白花花的大米吃。洋池有洋,有池,更有河流,妻子家屋后原来就是一条小河。妻子善水,四十来岁还拿到市运会游泳百米第四,这特殊的本领,跟屋后那条河流息息相关。刚结婚那阵子,我也在洋池老屋里住过,夜里似乎并未领略到"临水""枕流"的自然之美。白天搬一张小凳子在客厅坐着,门外就是那小河,倒是有了某种逝者如斯夫的"夫味"。这个地方叫"洋池",字面上再合适不过,然而村里人用本地话叫的却是另一个名字,翻译成普通话,就是"羊咩角"。这就奇怪了,平原上其实很少养羊的,但是羊儿咩咩叫的角落,跟这地方似乎也蛮契合的。问老岳父,他也说不清楚,古人都这么叫,就一直这么叫下来吧。

前几年修高铁,洋池被削掉了大半。洋池的洋没了,池没了,河流也没了,岳父家在离老家一公里的地方分得两套安置房。安置房怎么能让他们养老?我算是有些先见之明,力主把安置房卖掉,进城在离我们一公里的地方买房,重新给他们安了家。

虽然进了城,但是老岳父老岳母的心还在羊咩角。村里嫁娶寿庆、菩萨佛诞等活动，一直都是他们雀跃奔赴的party。进城五六年，老岳母一直还管着村里水费的账目，后来眼神不好，脱离了这项事务，有关土地承包的一份什么档案，却还被她依依不舍地保管着。这次元宵活动，据说因为疫情影响，之前已经暂停，但是看着隔壁村陆续上演，羊咩角的老人们也终于不甘寂寞，秘密策划，互相鼓动，终于也轰轰烈烈搞了起来。"菩萨都同意了，估计也没什么人敢反对。"老岳父询问我们是否同往，我说好，就听菩萨的安排。

洋池元宵，说起来还真的有些特别。福首宴客、行傩巡境之外，洋池的"铃鼓唱"显得特别有古意。铃鼓是一种周边带铃铛的小皮鼓，村民左手举鼓在半空，右手拍打鼓心，单脚踩地，双臂伸缩，四二拍的鼓点里，顺带出清晰而脆亮的铃声，听起来又稚气又坚定。嘭亮嘭亮嘭亮亮，嘭亮嘭亮嘭亮亮，夹杂以含混的某种歌谣或经句，就这么一直匀速敲击着、吟诵着。鼓手或歌手，他们是同一群人，按乡村规约都是男性。他们的手劲越发有力，歌声渐次高亢，表情如痴如醉。此时，傩神显现，人神难分，元宵之"闹"真正开启……我问岳父歌手唱的是什么内容，岳父说，就是祖先流传下来的一些话，至于是歌谣还是经句，他也说不清楚。"要不要我去抄一份给你？""不要啦，就让那神秘感继续神秘着吧。"我本来是想告诉岳父，其实每次在洋池听"铃鼓唱",我总是有一种灵魂要出窍的感觉,但最后我还是忍住了。要是我真的这样说了,不出一刻钟,整个洋池的人都会知道我的这个秘密。欢闹而忘我的时刻,老岳父巴不得把自己家什么好玩的事都拿出来分享呢!

　　回来后,我跟妻子说,终于理解了元宵对于农村的重要性。要是没了那些民俗活动,羊咩角真的就要变成铁路高架桥下羊儿咩咩叫的一个荒芜角落了。

## 围　庄

　　围庄为黄艳艳喜获戏剧梅花奖庆功。艳艳之于围庄,已是一种奇迹般的荣誉。她获梅花奖之前、之后,莆田各种官、自媒体轮番助推造势,我加的少数几个围庄人都在微信朋友圈转发了。我一条也没转,一来是已经很少在朋友圈发声显影,二来是不爱凑热闹。我和艳艳在一个共同的文艺圈子,倒不是担心厚此薄彼,而是有蹭她热度之俗。甚而至于,我似乎从未公开提起,艳艳不仅与我同村同姓,而且确实就是从小看到大的邻家姑娘。媒体上关于她不寻常经历的种种描述,比如出身普通农家,打小痴爱莆仙戏曲,上艺校,进剧团,被好几位前辈器重,"踮脚尖","敲手目",如切如磋,如琢如磨,砥节砺行,终成大器……这样的奋志历程，也并无什么谩夸之嫌。至于各家都爱用的"梅花香自苦寒来"一类标题，似乎也没比这个更合适的了。只是她身世中最悲情最离奇的一节，以及走出困境后最憨直最重情的表现，她不愿意提起，记者也不懂得挖采，渐渐也就成了围庄人独有的秘密和内情。"你们不知道，艳艳小时候……"我很喜欢围庄人谈起这位莆仙戏当今"第一旦"时那份独有的骄傲。这时候不需要唏嘘和感慨了，虽然曾经也有过一些局促，但是围庄毕竟置身兴化平原，有山有水，地沃人勤，说苦道寒多少有些矫饰……现在这些已经不重要了，是梅花奖啊，当年谁能想到三牛家那位高高瘦瘦的小姑娘能了不起到此等模样。

围庄已经被整体拆迁。其实没有迁，除了一处所谓的"百廿间"民国建筑被保留，其他的都拆光光了，一草一木都带不走的那种彻底拆除。地球上已经没有围庄这个地方了，以后新的莆田地图上如果出现"围庄"二字，只是代表建在原来村子对面的那个安置房小区。我没有拿安置房，一生都不干脆更不精明的老父亲临终交代，走，不要流连，拿钱，给唯一的孙女读书用。父亲能有如此开明而果敢的决定，固然与暮年某些不愉快的遭遇相关，更大的可能是，他多少也有些预感，他的这个三十二岁才生下来的独子，大概也不会做出什么拖泥带水的安排。如果说这样离经叛道的举动是遵循了父亲的遗愿，不如说这是我们父子俩最后的默契和共谋。艳艳就不能有这种选择了，艳艳还年轻，三牛也没那么老，所以，如果一定要以安置房来算归属，艳艳理所当然还是围庄人。而我几年前就如同那些老屋、果树、小溪、山丘，已经被移除出了围庄场域。最仓皇的那些日子，我在围庄拆迁指挥部遇上艳艳几次，她总是行路匆匆，鬓角依稀可见星星点点未洗干净的油彩。我问她，要不要我帮忙做点什么？她挥挥手，没什么好做的，就那一点点房子，有多少拿多少就是。正式画押交割的那天，在一大堆乡人跟前，艳艳直愣愣问，哇，听说你不要安置房，要直接拿钱？我笑，是的。"可是我不行啊……"她吐了吐舌头。我这才想到自己之前"要不要帮忙"的絮叨纯属多余，艳艳已经成年成名，哪需要我帮忙呢。

围庄安置房听说建得差不多了，但是还没交房，所以为艳艳庆功的"梅花宴"，只能安排在西天尾镇上的酒家。十桌，基本上是乡亲，其他是艳艳剧团的同事。几天前打电话来邀约的是村支书志辉，他是被保留下来的那"百廿间"的后代。策划这场宴会的是林炳舞老先生，我和艳艳、志辉共同的小学老师。林老师古雅，为庆功宴设计了一个小舞台，舞台两侧贴了一副对联："梅花传喜讯，踏伞艳归来。"艳艳参加梅花奖评选的剧目是《踏伞行》，看那对联的笔迹和寓意，显然是林老师的风格。

来的村人大都相识，年轻的几位一时叫不上名字。有个小伙子凑过来，热热切切说是某某家的儿子，我"哦哦"连声，拍了拍他的肩膀。

艳艳的父母亲也来了，一家人坐在主桌上。三牛熟，远远看见就奔了过来握手。艳艳的母亲眼睛不好，我报了名字，她没想起来是谁。艳艳说了我父亲的名字，她似乎还是没想起来。"阿银孙子。"三牛在她身后中气十足地喊道。这下子，艳艳母亲终于想起我是谁了。"你家阿嬷是好人，你们家世代忠良啊！""哈，你看我妈也会唱戏了。"艳艳在旁笑道。

艳艳登台唱了《踏伞行》片段。话筒不好，她直接就清唱了。这是我第一次近距离听她唱戏，那声音，真是脆亮。

主持这场宴会的是老村主任郑凤英的女儿郑丹梅。丹梅在城里哪个小学当校长，中间她过来敬酒，问我主持得如何。我说不错，就是有个地方好像说错词了。她一个劲问到底是哪句，我笑着说忘记了。丹梅瘦瘦长长的脸蛋一拉，忽然就有点不高兴了。我赶紧切换话题，"丹梅，你越来越像你妈妈了。你妈妈做村长前是村里的邮递员，送信，斜背个绿色邮递包，像个女民兵队长。你妈妈跟我奶奶有说不完的话，经常在我家院子里坐到天黑都不肯回家。""你家奶奶阿银真是大好人,我妈在世的时候经常提起她老人家。"丹梅听着听着脸色渐渐好转,嘻嘻哈哈跳到了隔壁桌。

丹梅性子就是急,我还有话没说完呢:很多次凤英跟我奶奶在院子里闲聊的时候,艳艳恰好正从我们家大门口走过去。凤英就总是赞叹,三牛家这个艳艳啊,不得了,以后肯定是"围庄一"。我奶奶就跟着感叹,三牛那一家啊,是真不容易。

## 及 间

去萝苴田旧街区找阿政喝茶。阿政做"及间",找老房子,签下租约,把一个老集体竹器社改造成茶空间;请老木匠制作家具,养花,种树;树种在屋子里,活了,树枝上挂一个鸟笼,笼子里的八哥听得懂人说话了……这个过程花了有一年时间。等到收拾停当,人却经常不来,一副吊儿郎当的样子。一来,却要在那里坐上一整天,午饭、晚饭都在"及间"吃。我问他,你到底是要在这里做什么呢,卖茶卖酒都没这么卖的。阿政就笑,我把这个空间叫"及间",就是在"极简"的基础上再简,所以,无所谓,什么都不卖也行,反正房租便宜。我说,那你为什么不在"及间"的基础上再简,简到叫"乃日""乂门""人口"，岂不更绝？阿政就笑，那太怪了。我继续逗他，你还怕怪？十六岁出江湖，单打独斗开服装店，四十岁不到，商业城买楼做批发。好好的生意不做，把店铺甩给老婆，自己一个人跑到这老街区来造什么空间。造了也就造了，这么大一个空间又不好好经营，还好意思怕人家说你怪？阿政挠挠头，笑得更羞涩了：那不是炒股炒焦了嘛，一个人躲在这里反思反思。"那我陪你，我刚好写作把自己写焦了，我也好好反思反思。"我边说也边挠了挠头。

这日，跟阿政品尝一泡他刚刚收来的六堡老茶，忽然木门一推，闯进一皮衣大汉，后面跟着一家老老少少，吱吱喳喳，指东问西。阿政正在吹嘘这泡六堡老茶能调理肠胃，对疗治窜稀独具功效。那一米八几大汉见阿政不理他，终于绷不住，直言自己是街道包片干部。阿政停下来，问："领导你有什么事？"那大汉没话找话，眼睛四处乱扫："你要马上去办营业执照，消防也要去验收。"阿政头都不抬，应道："哦。"大汉尬住了，八哥突然在笼子里叫了一声："欢迎光临，恭喜发财。"跟进来的两个小朋友闻声就往鸟笼旁边聚拢，那大汉却突然转身，把他俩薅走了。木门吱呀，脚步匆乱，慢慢又恢复了宁静。

"好像真是街道办的，脸有点熟。"

"爱说什么就让他说吧，反正我是不会请他坐下来喝茶的。"

好吧，我心想，这里真的可以叫"乃日"。不不，叫"乂门"更合适。

## 西 乾

驱车往仙游，中午在"太朴漆艺"文锋家用餐。文锋娶了个好太太，小刘会做饭，鱼头汤炖得入味。

下午同学朝霞带往西苑西乾村参观。山路弯弯，走了一个多小时。西苑年轻的女乡长、村书记、主任随行介绍。看来此前朝霞特意跟他们说了什么，他们是把我当作所谓的"乡村振兴专家"来对待的，一路上问了不少问题。朝霞是老仙游，大学毕业后一直待在这里，机关、乡镇、机关，最后在档案局落脚做局长。她生于斯，长于斯，在斯邦斯土任职，是打心底爱这里的，所以之前若是跟乡里村里谬赞过我什么，也是可以理解的。可是，我哪懂什么振兴术啊，只是这些年确实见过不少失败的例子，随口讲些"最好别做这别做那"而已。乡长一直在基层，似乎也同意我根本算不上是观点的某些口论。"比如说这村中小路，你也通不了车，好好的鹅卵石路面，灌成了水泥路，真不好看。""你看你们，我说呢！"乡长扭头对村书记和主任说。

一行人在村里兜兜转转，看了一座清代贡生的老房子，走了梯田里修的木栈道，最后在村部用晚餐。晚餐是简餐，简到不能再简：肉饭一桶，鸭汤一锅，笋一盆，空心菜三小碟。这些是村主任的妈妈赶做出来的。主任家在村部下几坨，看起来很近，走起来挺远。主任送餐，是开车分几次送过来的。最精彩的一次是，一手扶方向盘，一手托着那盆笋，风风火火奔腾而至。十来个人围坐，椅子显然不够，村书记、主任就端了碗，打点饭，夹几根菜，蹲到门口去吃了。吃了几口，我也端起碗，跟他们蹲到一起唠嗑。书记五十不到，山里人，看起来偏老。

"最好的建设是不建设，真的。"我扒拉一口饭说。

"我也是这么想的。"书记有点赧赧地笑着。

"我还有一句话，最近老喜欢叨。我们涵江有一片老街，萝苴田，说老也不老，民国的，但是在莆田这个地方，这么完整的，近百年的建筑群也不多了。我是涵江出来的，涵江有领导问我，作家你能不能给我们提提建议，萝苴田要怎么规划出来做旅游？我说，我真不懂，但是我真的想说，我们这一代不知道怎么做，那就不做，要相信下一代肯定比我们厉害。"我再扒拉一口饭说道。

"西乾的下一代，他们哪里肯回来，你看这地方……我们连几个菜都做不出来。晚上你们一定没吃饱。"书记很快就把饭扒拉完了，看我还没吃完，继续蹲着等我。

"真是这样，更别折腾了。"我把最后一口饭扒拉进嘴里，扶着书记的肩膀站了起来。

晚饭后去村书记家对面山坡草地上喝了几杯露营式的茶。文锋随车带来的户外用具派上了用场，小刘的新手机拍到了北斗七星。

## 罗　湖

春声同学严振豪从深圳回来，一起喝了半晌茶。振豪在罗湖一家医院做麻醉科医生，这个年龄刚好做到了科主任。说起二十年前，我去深圳参加一个业务培训，忽然一边耳朵出了问题，那种汤汤水水莫名其妙流出来的很恶心的毛病。给春声打电话，他介绍振豪去救我。就是普通的中耳炎，耳科医生清理了，滴了消炎药水，差不多就能听课了，但是期期艾艾满脸苦相的样子被振豪笑话了一顿。振豪长得帅，我当时就说，好，帅哥，我记住你了，救耳如救命，以后江湖上有事，记得喊我。"多大的事，你们文人就是爱浮夸。"振豪哂笑道。

多年未见，这件旧事又被提起，彼此插科打诨了一番。停了停，问振豪，怎么样，这些年在深圳混得如何？除了当上科主任，有没什么好玩的事儿说几件来听，你这么帅，不要对不起深圳特区。"还真的有个故事可以分享给大家。"振豪嘻嘻哈哈的，"不要看不起麻醉科，我们现在在麻醉的基础上拓展开了疼痛干预技术，跟临终关怀密切相关。这是项新技术，在中国刚刚发展起来。曾经有个病人，八十几岁了，肿瘤晚期，所有手段用过之后，就是痛，痛到一分钟都停不下来，不停地骂人。骂的对象主要是儿子，他儿子听说是个大老板，那段日子什么事都做不了，除了到处寻医问药，就是坐在床头挨他老子骂。后来找到我这里，我用了一些办法，老人最后一个阶段，无痛无苦地度过了。过了些日子，老人的儿子来找我，请我吃饭，拎这拎那的。席间问我，严医生住哪里啊，待会我送你回去。我说了一个地址，那老哥当场就嚷嚷起来，严医生怎么能住在那种老破小的地方。明天周末，我带你去看房子。"

"你们不要以为他要送我一套房子哈。他是房地产商，最后让我挑了套最满意的，按成本价结算。如今想来，差不多就是送了。"

"在古代，你这就叫作救苦得福。我家小姨子有个孩子，马上要高考，我一定要让他学医去。"我抚掌赞道。

"要学麻醉哦，人生万般苦，麻醉来关怀。"振豪激越起来。

过几天再遇春声，问，你那同学严振豪，真的在深圳混得很好吗？

"不知道啊，有同学说他现在好像不经常在罗湖那里上班，说是去云南包茶山，正在推什么用茶叶包装的金融衍生品。我们是学医的，不知道他玩的是什么把戏。"

"这样子啊，"我沉吟道，"难怪他最近老在微信上邀我去滇西南参加那什么养生之旅。"

二辑

# 一个小孩的阅读史
## ——应《明日教育论坛》约稿

"一个小孩的阅读史"——这个同题约稿的构想,有着编者"主题先入"的良好愿望:阅读,在一个小孩的精神成长历程中,发挥着极其重要的作用。常人如此,遑论作家?然而,委实惭愧,细究童年少年,我怎么也想不起有哪一部经典巨著给过我心灵的撞击,让我醍醐灌顶,顿然开窍。我真的是没有好好读过书啊。12岁前,我在闽地兴化平原一个普通的小山村读完小学;12岁,参加全县统一考试,被遴选进莆田最好的中学莆田一中;18岁,通过高考,我离开了这片土地。准确地说,18岁以前,我没有读过四大名著,不认识安徒生,连鲁迅写过《野草》那么伟大的作品都不知道。回望孩提时代,我完全就是一个蒙昧无知的野孩子。

我的父亲是个小学语文老师,在他的青少年时代,好像也有过文学的梦想。"黎晗"是我的真名,一个乡村教师给自己的孩子取这样一个名字，能看出他拥有一定的文字素养。而"晗"字，也透露出了他对那个时代中国一个杰出文化人"吴晗"先生的崇拜。我不知道父亲是在什么年纪读完四大名著的，他至今还能吟诵《红楼梦》中的一些经典诗句，有关《三国演义》的一些典故，时不时也能信手拈来。可在我小时候，他不仅从未给我讲过那些中国传统文化的精彩，也不曾对我的阅读有过一次的引导和安排。如果不是这次约稿带来的"提醒"，我甚至也发现不了我的"语文老师父亲"，在指导儿子阅读方面的故意缺席。这实在是件奇怪的事情。这样的事情，我不知道我的同龄人是否也遇见过。我的一位中学赵姓同学，她是我们那个时代全城闻名的小精英，书读得好，作文写得漂亮，曾经多次在那个时代最牛的"华东六省一市中学生作文竞赛"中获得一等奖。赵同学后来考上了复旦大学，现在是上海一家出版社的编辑，同时也是沪上有点名气的专栏作家。据她自己宣称，她是在小学二年级就第一次翻开《红楼梦》的，甚至跟我做初一同学之前，她已经读过《诗经》和《伊索寓言》了。那年高考，我们文科班有好几位同学上了他们心仪的名牌大学：北大、人大、复旦、山大……特别让我难过的是，他们几乎全在"华东六省一市中学生作文竞赛"中获过奖，都在小时候有过很好的阅读积淀。我是到今天才明白自己小时候文化营养严重不足的。现在写下这些,不是要责备老父亲什么,只是更加地明白,那时候,我过于普通的家境,只能提供给我这样一种选择:发奋读书,考上大学,摆脱农活。这条道路是那个时代所有农村孩子的不二方向,也是命运给出的点亮乡村阴郁生活的唯一灯绳。

于是,课外书籍,与应试升学无关、与那条命运坦途背离的所有阅读,都遭到了刻意的回避、忽略和抑制。这一定是当年我的父亲没有说出口的心思,想到这里,我不由觉得辛酸。我甚至都没看过几本连环画,虽然参加全县初考统考时,我作文还得了满分。

这是小学、初中的情景,上了高中,我几乎对自己苍白的阅读进行了颠覆性的报复。从学校阅览室偶遇《星星诗刊》,到写出第一首"朦胧诗",我好像只用了一个晚上。那应该是1985年春天,我至今不明白,在莆田一中那样以升学率为治校唯一目标的名校,它的学生阅览室里,居然还有《星星诗刊》这样的文学杂志。1985年,那是怎样激情激荡的年代呀!舒婷,太简单了,太让我明白了,我不喜欢。顾城,太透明了,而且那么短,也不喜欢。北岛,对,只有他的"朦胧诗",那才叫"朦胧"。很快,我有了自己的第一个笔名"瘦岛"。那个年代,有多少少年取了"岛"字做笔名呀。呵,"瘦岛",一个正统学校的另类学生。呵，我写的诗句，没有一个老师一个同学看得懂。我是"怪才"，虽然我连参加"华东六省一市中学生作文竞赛"的资格都没有，但相好的同学间，开始有了我的诗歌手抄本。去年春节，我中学的那位赵姓同学返乡省亲，我们聊起了这段往事，她还哈哈笑道："你那时搞得好神秘啊，我记得当时还想跟老师告状，说你在偷偷写'朦胧诗'呢！"

我有了一生中第一份自己订阅的报纸，《春笋报》，江苏出的。这是那个时代中学生报刊中最先锋的一家，它甚至可以用四个版面为一个中学生发表诗歌作品。我至今还记得那个酷毙了的幸运儿，他名叫"马萧萧"，他的那组诗的总标题是《歪戴旧草帽》。"歪戴旧草帽"，这五个字用大大的黑体字印着，通栏，酷得我想一个人躲着去哭。我向《春笋报》投了无数次稿，从来没有被采用过。那个时代还流行退稿，每次在校门口公告栏看到自己有信件来，我总有一种深深的绝望感。

一个几乎没有阅读积淀的少年，秘密学习着中国当时最先锋的诗歌写作，那份兴奋、无畏、伤感、挫败、紧张，是此后多少年，我再也没有出现的复杂激情。

我最早的诗歌写作尝试失败了，家里寄予我的通过寒窗苦读改变命运的厚望，最终也破了产。1987年，当我的同学们张开翅膀向录取红榜最上面的那些大学飞去时，我一个人偷偷去了高考志愿表最后一栏的学校。收留我的，是一所福建排名最后的师范专科学校。我以为那是我青春的低谷，然而时隔多年我终于明白，那才是我精神成长的第一个起点。尽管我阅读的正餐，已迟到了不止十年。

# 情迷"豆腐块"
## ——应《湄洲日报》约稿

朝明兄跟我约稿，报社创刊三十年，可否为之写几句话？我几乎是不假思索就答应了。

为《湄洲日报》三十年纪念助兴，我没有任何扭捏的理由：在过去二十多年里，无论是《湄洲湾》《壶山兰水》《三湾潮》，还是《智泉》《读书》《生活》《荔林风》《兴安文苑》，只要是《湄洲日报》开设过的副刊，我总要赶过去凑热闹。而且，在好几个年头里，我甚至有过"频频露脸"的劲头。2007年，我的第一部个人散文集《流水围庄》出版，其中近一半的作品都曾经在《湄洲日报》不同风格的副刊首发过。

这固然和我的"勤快"分不开，在电脑和网络未曾普及之前，整个1990年代，我对习作变成"铅字"有过单纯而热烈的渴望。那个年代，每篇作品都是在稿纸上手写出来的，写好了，还要誊清一份，然后邮寄到报社，等待它们变成"铅字"。"铅字"就是发表，发表就意味着肯定。由于《湄洲日报》特殊的覆盖面和影响力，这种"肯定"传播开来，效力惊人。而在那时，哪怕是一片小"豆腐块"的肯定，就足以对身处狭小空间的我产生不可估量的激励。那时候，我在家乡西天尾镇一所初级中学任教，每天下班后，骑着自行车回半山腰的老家围庄。一路上，隔着一条小马路，迎面会不断遇见镇上另一所中学、三所小学和镇政府、储蓄所、农技站、派出所、屠宰场等单位的朋友。他们远远瞥见我，都会在傍晚的轻风中高声嚷道，嘿，恭喜，你又上《湄洲日报》啦！回到村里，夜色尚未降临，我去供销社买烟，还没走到那座集体经济时代遗留下来的土坯矮房，门口那些围坐闲聊的老人都纷纷站起来，驼着背热情地向我问候，哎呀，你又上《湄洲日报》啦！赶紧写，争取做郭风！听到这么文艺而知心的表扬，我激动得赶紧冲进供销社，抓了一包烟，忙不迭地拆开来，殷勤地一个个递过去。一圈分完，刚好剩下最后一根，我自己叼到嘴里，把空烟壳用力揉成一团，远远地抛了出去……

二十多年就这样过去了，我虽然一直都在"赶紧写"，一直都在"争取"，但还是没能变成郭风。然而我要说的是，如果没有当初那些"豆腐块"的不断鼓励，我对文学的虔诚未必能坚守成今天这副模样。我一直珍藏着两大本早期习作的剪报，上面粘贴着的一片片发黄的铅字"豆腐块",见证了那段不寻常的投稿经历,也见证了好几位副刊编辑朋友对我的偏爱。我想我应该提一下他们的名字,他们是陈光铸、郑国贤、林金松、潘真进、林仙久和王朝明。

我已经忘记了具体哪篇作品发表在《湄洲日报》的哪个副刊上,也记不清谁是当时的编辑了,但是,这似乎并不重要,因为我早就把所有的副刊看作是一个整体,它们代表的是一家媒体对发现新人的热忱。我也把所有的编辑挚友看作是一个整体,在许许多多和我一样曾经受惠于之、曾经年轻的作者眼里,他们代表的就是一个地方的文化热情。

# 日常的神
## ——应《妈祖故里》约稿

她出生时不曾啼哭,得名为"默",人称"默娘"。尘世凡间二十七载,她心怀大爱,救苦救难,不曾留有繁言蔓词。直至羽化升天之后,四海之内颂歌祷语日隆。"鼓坎坎兮罗杯觞,奠桂酿兮与椒浆。岁岁祀兮民乐康,居正位兮福无疆。"这是宋代莆阳诗人廖鹏飞为她写的迎神歌。"万户牲醪无水旱,四时歌舞走儿童。传闻利泽至今在,千里危樯一信风。"这是宋代莆阳状元黄公度献给她的颂诗。

她窥井得符,挂席泛槎,法力神通,为大海平险阻,为人间驱妖魔,所有关于她的传说里,从来只讲她如何收服海妖水怪,而不曾记载剿杀与灭绝。她是在以德化怨,扬善祛恶,用爱召唤爱。妖魔鬼怪尚可如此待之,何况人乎?因之清代乡儒陈池养赞叹曰:"暮春巨鱼跃中流,三日点额珠未休。无数介鳞争效顺,遑论域外更九州?"

她先后得到过朝廷三十六次褒封，尊为天妃，贵为天后，与天齐名，然而她并不高高在上、高不可攀。千百年来，她一直在民间，在村野，在街衢，在渡口，在茫茫大海，"独于民锡福，能使岁有秋"（宋·刘克庄），"舳舻万里来往，有祷必安全"（宋·赵师侠）。百姓感激她，用朴素的仪式祭祀她，"每至割获时，稚耄争劝酬"（宋·刘克庄），"神迹至今安泽国，往来舟楫拜珠旒"（清·李光荣）。

她是莆阳文化名家"九牧林"的后裔，至今林氏族内，仍称她为"神姑"。她的爱却从不囿于一门一户，一姓一氏，只要你需要，"呼之即应祷即聆"。她是大家的"神妈"，万众的"神妈"，普天之下的"神妈"。这个神妈在人间没有世俗意义上的子嗣，只要你愿意，便可做她的后代——无论富贵贫贱，不分男女老少，无别海内海外，只要你虔心吁求，甚至不必亲自到她跟前跪拜，便可获得护佑，领受安福。她是原乡的神，身边的神，日常的神，妈妈一样慈蔼的神。"视下土兮福苍生，民安乐兮神攸宁。海波不兴天下平，于千万世扬休声。"这是明成祖朱棣为她题的御诗，一个皇帝为一尊小地方出身的神灵写赞美诗，千古罕见。

——这是几年前我为《妈祖故里》代写的一则"编者按"。当时编辑朋友问我要不要署名，我说要不用"柳生"吧。话音刚落,我又改变了主意,还是算了,哪有"编者按"署名的。朋友没有细问我"柳生"一名的由来,后来我特意絮叨了一下,柳生是我二十多年前创作的小说处女作《巨鲸上岸》的主人公,这篇小说的灵感源于当年一头巨鲸在湄洲沙滩的搁浅。

我想强调的是,柳生属于湄洲岛,那个如眉之屿可以视为我小说灵感的最初起点。从这个角度来看,我和廖鹏飞、黄公度、刘克庄、赵师侠、陈池养、李光荣等古代诗人一样,都从妈祖那里获赠了诗意的灵感。廖鹏飞、黄公度、刘克庄以及后世的我们,都不曾见过妈祖,但是这一点都不妨碍我们书写妈祖、赞美妈祖、想象妈祖,乃至于重构妈祖在此时彼世的面貌和意义。世界上各个地方、各个时代妈祖的雕像并不完全相同,这一点都不影响妈祖的神圣感。相反,正是因为这样的不尽相同,妈祖获得了在不同时代、不同地区、不同领域、不同文化背景下的丰富性和生动感。我认为这是我们谈论妈祖文化与当代传播的起点。在过去,我们谈得较多的是妈祖的神圣性,今天,也许我们可以更多地谈谈妈祖的亲近感。这份其他神祇中少见的亲和力,似乎更适应离我们眼睛只有二十厘米的移动终端时代。

# 无聊
——应《海峡都市报》约稿

许多年前的许多个晚上,这个老和尚还是个小和尚的时候,当年的老和尚跟他们讲故事,"从前有座山,山上有个庙,庙里有个老和尚,老和尚对小和尚说,从前有座山……"许多年过去了,当年的老和尚坐化升天,把衣钵传给了他,他变成了老和尚,现在,每天晚上,他像当年的老和尚一样跟小和尚们讲故事,"从前有座山,山上有个庙,庙里有个老和尚,老和尚对小和尚说,从前有座山……"

"这是一个老掉牙的故事","又来了","烦死掉了","神经病"……他闭着眼睛讲故事,听到了小和尚们在心里发的牢骚。他没生气,老和尚怎么会生气呢。再说了,这些牢骚许多年前他也发过,他的同门师兄弟也发过,他们不仅在听故事的时候发,在后山偷狗、在山间挖笋、在草丛里抓蚂蚱时,也发过。"当和尚已经够无聊了,天天还要听这么无聊的故事,早知如此，就不来当和尚了！"当年最大的师兄这样骂道。大师兄后来不当和尚了，二师兄也不当了，他们都受不了这个"从前有座山"的故事。他也发过牢骚，也想假装拉肚子不去听故事，但后来还是忍住了。"无聊也是一种人生啊！"他想，天下这么乱，有和尚当，有白米饭吃已经很幸福了，既当了和尚，还怕无聊吗？这样，有一天，当老和尚继续讲故事时，他在下面跟着讲了起来：

"从前有座山，山上有个庙，庙里有个老和尚，老和尚对小和尚说，从前有座山……"他的声音刚开始时很小，后来越来越洪亮。师父呢，在他跟着讲的时候睁开眼睛看了一下，后来又闭上了双眼。这以后，讲故事的功课就交给他负责了。就这样，一年又一年，他终于变成了老和尚。

"从前有座山，山上有个庙，庙里有个老和尚，老和尚对小和尚说，从前有座山……"他继续讲着这个流传了千百年的故事，他的声调平和，充满耐心，听起来像是弘法，又像是禅宗偈语。

可是他这样讲了三年，还没有人像他当年那样慧根外露，他不由得有了一种隐忧：毕竟现在时代不一样了，白米饭已经多得吃不完，再这样讲故事，小和尚们会不会跑光光呀？

有一天，他讲了半个时辰的老故事，突然动了心思，偷偷改变了内容：从前有个老和尚，老和尚心里有个小和尚，老和尚对小和尚说，从前有个小和尚，从前有个庙，从前有座山……

哈哈哈哈，小和尚们本来昏昏欲睡的，听到这里都笑了起来。他故作慌张，赶紧把故事拉回了原来的老套叙述：从前有座山，山上有个庙，庙里有个老和尚，老和尚对小和尚说，从前有座山……

半夜，他站在小和尚们的禅房外偷听。中间有个小和尚说，我们师父真无聊，做和尚已经够无聊了，偏偏还要创新，真是的！

就是他了！呵呵。老和尚放心睡觉去了。

——某年福建高考，作文题为"无聊"。《海峡都市报》文化版约写"下水文"，当时年少爱出风头，信手拈来，胡写一通。初觉脑洞小开，似有新思游动，后渐感无聊。是啊，做和尚已经够无聊了，偏偏还要创新，这真无聊啊。某杂志约写创作谈，以此短札应付。编辑读完大乐，结果没有刊出。阿弥陀佛，我不是灵光乍现的小和尚，他亦非拈花一笑的老师父。无聊对无聊，真没什么好聊的。

# 虚年
## ——应"十月杂志"微信公众号约稿

　　黑色西裤,黑色毛衣,绛红色的围巾绕脖飘挂在胸前。应该再提到的是油黑油黑的马尾辫。茶舍大厅的灯影迷离纷披,油黑的头发、自然垂摆的马尾辫还是非常鲜明的。

　　穿着黑色西裤、黑色毛衣,戴着绛红色围巾的茶舍小妹,店里站了好几位。我们进来时,她们正把头凑在一起偷偷聊着什么。其中一位察觉到动静,转过身子,目光流转着迎了上来。其他几位也都转头看了过来,一个个目光盈盈的。

　　这是新历新年刚过不久、旧历旧年还剩一个月不到的一个黄昏。登爬通往楼上包间的狭窄台阶时,我被一个小小的问题缠绕住了:我办公室的座机,到底是哪个月份停掉的?是8月、10月,还是更早的4月?似乎也没有一个严格的"报停"手续,电信局设置的催缴程序响了几次,一直在说这部电话欠了费,第一次和后来几次说的内容和声调都一样。如果越催越急越催越急，甚至指责、怒斥起来，会不会记得及时去缴费呢？我忘了当时为什么会耽误下来，发现电话被停机后的一天，我被另外一个问题吸引住了，电话停机了，那个原来专属于我的号码去了哪里？我拿出手机拨打，下意识地对着蒙了一些灰尘的那部白色座机。座机丝毫没有动静，在我的手机里，我听到的却是风的声音。说"风的声音"可能是刻意的附会，应该是电子波悄然流动的声息。过几天再拨，听不到像风声的电子波了，听筒里一片寂静。过了几秒，却传来了越来越急的喘气声……我有些惶恐，赶紧摁断了。

好几次遇上良哥，我都想问他，你最近有没打过我办公室的电话，那部电话里有什么声音？我一直都没问成，我们总是被另外一些问题纠缠住了，这些问题包括良哥正在进行的投资项目，他叔叔的晚期爱情故事，老郜的蹊跷手术，交通新规出来了要学会使用车载电话和蓝牙……我和良哥总是有说不完的话，说着说着，一年也就到了头。

也许我应该打个手机问阿昌，阿昌以前最喜欢拨打我办公室那部座机的号码。以前，经常地，快到下班的时候，那部电话会突然响起来。"你在噢。"阿昌总是这样问候，声音似乎有些苍老。但是小说《假肢》发表后，阿昌就躲开我了，毕竟是一个真实的人，也在那样努力地活着，他总代理的饮水机都进了大卖场,我那样把他写到小说里,总是会有一些不愉快吧。阿昌是什么时候和我断了联系的?《假肢》是2010年发表的,那以后阿昌就渐渐不再打那个后来消失的座机了。

郑荣峰、黄敏华、王玉娥、吕德、孙天鹏,这些以前比较亲密的老同学,他们也都消失了。他们一定读过我的《金刚沙》,《金刚沙》是2011年发表的,我以为他们都不读文学杂志的,最后还是被他们看到了。有一次,吕德在理发店遇上我,耐心地等待师傅把我的头理完,然后和我并肩走在喧哗不休的涵江街头。走着走着,忽然,他叹了一口气,干吗要把什么都写成小说呢!吕德的话让我打了一个寒噤,我的那部停机的座机里出现过的喘息声,会不会就是车祸中去世多日的廖育兴发出来的……

"把小说写得像生活,到底想干什么呢!"罗晓辉这样说我。是吗,呵呵。其实,在早先的《智能梯子》《我喜欢倾听打牌的声音》里,罗晓辉并不怎么像生活里的他。倒是后来,《轻度近视》里那个把新旧眼镜换来换去的他,跟那个书呆子蛮像的。

"那么,有没可能把生活过得像小说?"万子静突然插话道。

我们的晚饭是在这家茶舍吃的,是素面。罗晓辉很快就吃完了,万子静吃得很慢。放下筷子时,万子静感叹了一句,老天,总算吃到了一碗有面条味道的面。

茶舍小妹是进包间为我们泡茶的。晚饭前和晚饭后换了,晚饭前的一位听我们说话时,跟我们有过几次简单的交流,说她是安徽人,对这边的气候还比较适应。还说起不准备回家过年之类的话语。晚饭后的这位,因为我们交谈得比较热烈,几乎都没机会插话。我倒是注意到,和外面喜欢把手指甲染得花花绿绿的各种小妹不一样,她们泡茶时裸露出来的手指、手背和手腕,都是干干净净的。

我们后来谈到了一个很玄的话题,小说中的人物,到底有没可能从文字中走出来,走进这样的茶舍,坐在茶桌前,和作者一起品茗、瞎聊或探讨文学与生活的关系?好像就是在这个时候,埋头泡茶的晚饭后的茶舍小妹起身走了出去。我没注意到"她"是什么时候进来的,我是在端起茶要喝的时候,才突然发现,晚饭后的茶舍小妹变成了晚饭前的那位。

"咦,怎么是你?"我惊讶道。

"我呀,我本来都在这里的。"晚饭前的茶舍小妹笑道。

"不会吧,我明明看到刚才那位小妹是十二根手指!"我哈哈大笑,"而且是一只手就这么多。"

"那就不是我了,我两只手才这么多。"晚饭前的茶舍小妹笑得更开了。

"小妹妹你叫什么名字？"万子静问。

"我叫xū nián。"

"哪个xū nián？"

"空虚的'虚'，新年的'年'。"茶舍小妹又笑了。

"虚年……虚年，这个名字好。"我念叨着。

"你爸好有文化呀！"罗晓辉兴奋地眨巴着眼睛。

"我爸是个农民啊。我爸给我取名字就是图个简单。我是腊月出生的，按岁数算，我虚长了一岁。我爸就说，孩子这一岁长是长了，但是虚的……就叫'虚年'吧。"叫虚年的茶舍小妹说，"你们说这个名字好，可他们都说不好，说我一辈子都在'虚度年华'。"

"我们也都在虚度年华啊，却没有你这么好的名字。"万子静长长地叹了一口气。

"姐姐你叫什么名字？"虚年问。

"我哪有自己的名字！"万子静嗔怒地看着我，"我只是这个人小说中的一个人物，他爱叫我什么就叫什么，以前我叫陈文、羊子、阿斯塔娜，后来改成王玉娥、景茹、李雪莲、张秀芬。最近，《国欢寺》里，我变成了陈秋萍。到了下一篇《天湖寺》，鬼知道又要起一个什么怪名字。他这个人啊，心太乱了，我看应该叫他'虚年'才对！"

# 白发千丝拔不得
## ——应《杂文选刊》约稿

感谢《杂文选刊》对《长短句》的看重。这样一堆寂寞飘浮、呓语堰塞、冷僻而接近虚无的文字碎屑，本来是不期待在人世人群中受到什么注目、褒扬和流传的。

这算什么呢？他们可能会撇撇嘴这样说。他们一定会这么问：这算散文、杂文，还是时下流行的微博小碎嘴？

什么都不算。《长短句》就是一些长长短短的句子，记录了我头脑深处偶或浮现的一些长长短短的思绪。我的思绪远比这些句子更断裂，更庞杂，更疯狂，可惜我没能发明一条直通大脑的连接线，没能一一将之全盘实录。——也没什么好可惜的，人已经够寂寞，何苦再去寂寞文字呢。

编辑选了这些文字，来电话一定要让我提供"文学观"。此事让我颇为踌躇，我实在是害怕人家问我要所谓的"文学观"，我没有自己的"文学观"，一直都没有。这太可怕了，我还不是很老，怎么就能有"文学观"呢！

　　一个作家真正的文学观都已经融化在他的作品中，他的观点是那么轻，以至于你根本察觉不到。如果你曾经试图提炼、归纳他的所谓"观点"，你会发现，这种举动无异于竹篮提水。当然，如果你一定要说那个竹篮就是"文学观"，你就那么说好了。

　　反正我要说：我没有。

　　如果你要问我在文学上有什么追求，我可以告诉你：我曾心怀天下，歪戴旧草帽，仗剑走过大街和小巷。而如今，我两鬓有白发如青葱之根隐于土下，你千万别好奇，别用你那纤纤细手来抽拔，你一拔，不小心会拔出我的愁绪七八十丈。不信你去问那个人，去年夏天，那个人控制不住自己，一定要为我拔白发，后来她把自己弄得比谁都丧气。

　　然而，如果你愿意，我可以请你来喝茶。喝功夫茶，红茶、岩茶、白茶、乌龙茶，随你挑，春天采摘的新绿，夏天过后的秋香，还有罐子里收藏的七八年前的老陈茶。

　　我在这里，在南方小镇。这里冷，冬天有风，不时有雨，但我们可以垒起茶灶，劈柴生火，可以把一匹被褥抖开做披肩，可以把你兜进怀里。南方没有雪，也见不到瓦上的清霜。但是这样，我们就离古人近了一些。古人多好呀，他们才不说多余的话。你看古诗里的他们,古画里的他们,就那样静静地坐着,哪像我们现在这样,不停地动啊动,不停地说啊说的。

我们就学古人那样好吗,你来了,我们就面对面坐着,不说话,最好把双眼也闭上,就像古画里两株掉光了叶子的老树。

当然,实在太寂寞了,我们还是可以偷偷说一点闲话的。但你不要跟我说文学,文学不是说出来的。

还有,不要把什么都放在你粉丝三千万的"微博"上。我害怕,我纵有白发三千丝,也不敌你粉丝三千万。

# 故事不复杂，人心复杂
## ——搜狐网"黎晗微小说专栏"开栏语

我长年生活在福建莆田的兴化平原上，这个地方虽为蕞尔小邦，却因地理环境独特和古风旧俗浩荡而自成一统。莆田境内溪流交错，塘坝暗连，先人说此地，"溪与海相出入，山与水相吞吐，是谓冲阳和阴，秀气凝结"。一年到头，这个地方总有下不完的雨，无论是小时候生活的流水围庄，还是现在居住的小城涵江，记忆里密集的雨丝从未间断。除了酷热的夏季，有时我会在溪流和大海中游泳，更多的时候，从少年到中年，我总在一个幽暗的窗口怅望细雨缥缈、往事如烟……

和那些冠盖都会的作家同行们不同，我在这个小地方所过的日子，与其说是悠然自得，不如说是极简乃至寡淡。好在这并未影响到我从小养成的"在窗口怅望"的思维习惯，多年以来，我一直以一个"窥私癖"的极度狂热，饶有兴味地窥测着外面纷繁复杂的世事人心。曾经有朋友问我，小地方写作是否会影响到我的视野和观念，我虽无法直接作答，但在心里却颇为不服。基于广泛的阅读和对世俗日常的细心打量，我一向自负地认为，古人和今人其实无异，大地方的非诚勿扰和小地方的打情骂俏是一回事，网络上的围观吐槽和菜市场的讨价还价说的是同一种语言。如果一定要举例说明，我会说：顶戴花翎和光头赤佬有着一颗重量相当的头颅，花样旗袍和七分裤一样不仅仅为了遮羞，大地方的口吐莲花和小地方的鄙俗粗口，诉说的是同样的怅惘与歌哭。

丁狗、小蕙、老猫、罗晓晖、李雪莲、羊子、良哥、阿昌、万子静、廖育兴、黄楼鹤……这些你们读来陌生而奇怪的名字，都是我曾经写过的小说中的人物。这些名字太普通了，有时连我自己都想不起来，他们出现在我的哪个小说，遭遇了怎样的命运。这个世界上，原来并没有丁狗、小蕙和老猫，也没有罗晓晖、李雪莲和羊子，是我早先的钢笔和现在的键盘，赋予他们长相、性格和社会关系。因为某种难以排遣的情思和心绪，我创造了他们，让他们在我的故事中经历了各种各样稀奇古怪的人生。然而，这些明显带有我个人强烈色彩的人物，为什么却那么容易被我淡忘了呢？

我只能说，我不是个自恋的人，不怀旧只是因为更喜新：每日每夜，我内心不为人知的那个世界，总有一些崭新的面孔在浮现，一些杂乱的脚步在跑动，一些陌生的声音在窃窃私语……他们那么急切地要从我的心里跳出来，跳到我的文本上，让我为他们演绎一种别人看来匪夷所思的戏剧人生。他们也许会拥有一些新的名字：棠棠、老秦、梅兰、葛阿姨，也许仍然还叫良哥、阿昌、万子静。这些可怜的小人物啊，明知自己卑微，为什么要这么着急跳出来呢！

也许，等待他们的是我貌似温情实则刻薄的解剖。谢有顺先生曾经这样说过，"黎晗的小说，总是流露出试图通过一些片段和视角来窥视中国文化和现代人生存秘密的野心"。是的，和这个时代诸多莫名其妙的瞎开心不同，这么多年来我一直偏执地坚守着的写作重点就是，将那些无处告解的内心苦疾逐一呈现：隐痛、无言、隔膜、焦虑、牵挂、暧昧、愁苦、犹疑、猜度、沮丧、绝望、移情、恍惚、煎熬、孤僻、恐惧、变态……那些有口难言，那些有口无心，那些欲说还休，那些言不由衷，那些心口不一，那些闪烁其词，那些不动声色，那些沉默不语，那些语焉不详，那些沉吟唏嘘……天呐，他们的心里到底藏着多少秘密！

没有讲不完的故事，只有猜不透的心。故事不复杂，人心才复杂。现在，就让我随身带上一个录音盒，去做一个采集心灵声音的魔法师。我将带你们巡游我所在的平原街市，也将和你们一起去到异国他乡。无论是在那些平凡无奇的烟火人间，还是在那些诡异魅惑的幻想城邦，我将在人潮人海中指认那一张张特别的面孔，收集他们曲折隐晦的心声。我将站在他们的不远处，在他们沉浸于自己的苍茫心事时，转头轻声告诉你：你看，那就是我的主人公。

你再看，那张脸转过来了，他到底是你还是我的化身？

# 别扭的人，总把头偏一边
——应《小小说选刊》"黎晗作品小辑"而作

连着写了好几篇小说创作谈，不得不警惕起来。某种不经意的所谓"特点"，被明眼人看中了，看透了，看成了个人风格，感觉挺露怯的。

当初毅然决然停止散文写作，就是因为写出了名声，选家们纷纷垂爱，甚至有了"代表作"，渐渐便觉得无趣，转而投向了小说写作。现在好了，连小说都要不断写起创作谈来了，岂不让人又有"猪养大了总是要被杀的"恐慌？

是的，挺纠结，挺别扭，挺不识抬举。可是一开始，确实是不想有套路，不想有风格，不想被器重，不想被总结，不想代表谁，不想被谁代表，不想轻易被人惦记。这样说还是没说到点子上，其实更想说，就是想单细胞繁殖，自得其乐，自生自灭。单细胞繁殖，嗯，这个比喻不错，敲出这个词，有过几秒钟的得意。然而，马上又后悔了。刻意，刻意，太刻意。套路，套路，还是套路。创作谈这类文字真是憋死人。早上朋友圈里，周洁茹说，"经常觉得很多作家的创作谈，比他本人的创作好太多了"。周洁茹年少而成名，不知道她写创作谈会不会也浑身不自在。反正写这篇短文时，唯一的念头就是：把它弄得不像创作谈。

《阿弟》《轻度近视》《机械腿》，选自我的小说集《朱红与深蓝》。和这本集子里的多数作品一样，它们都有人物原型和故事粗胚，都从庸常生活中来，又到庸常生活里去。原本是些缄默而不善言辞的人，旁边有人喊了一声，他们侧身望来，眼睛亮了，嘴角动了，脸上有了平日不可多见的表情。如此种种，我以为这就是小说。本质上而言，我写的就是日常生活的侧影和侧面。如果一定要提交一个心得的话，只好说，从来不是"源于生活，高于生活"，大多不过是"源于生活，偏于生活"。是的，就是这样，别扭的人，总把头偏一边。

信不信由你。不由你也行。都行。反正太阳这么好，就是不该坐在电脑前写创作谈。

# 前天下午我拔了一个血罐
——应《大家》约,谈小说《瑞兽》

《瑞兽》初稿写于十三年前,原文近五万字。十年前,在短文《心中有鬼赶不走》里赌气说,"自从某知名刊物退了《瑞兽》,就给自己下了个咒:这篇不发,新的不写"。后来,果真停笔了有一两年。再后来,忍不住又想写,便在博客上劝慰自己,"过年了,点支香,解个咒吧:把《瑞兽》封存起来,不投了,别把自己搞得跟个怨妇似的"。

又好几年过去了,时断时续写着,至今倒也没有放弃。在构思创作那些现实题材作品的时光里,早已忘记是哪些刊物退的《瑞兽》,甚至忘记了电脑里还锁着这条等待解救的"龙"。直到上个月初,周明全兄来信约稿,翻箱倒柜间,突然发现了沉睡多年的它。

这之前一年多里,一直在做一件"丧心病狂"的事:整理十六篇中短篇小说,提交十月文艺出版社出版。这本小说集名为《朱红与深蓝》，两个月前已经面市，读者看到的文本，与当初发表时相比，已有较大改观，其中大部分经过了至少十遍的修改，最多的是四十六遍。这次极度偏执的修改，让我腰肌严重劳损直至卧床不起。喘过一口气，重新面对《瑞兽》，终于心平气和地理解了当年那些刊物退稿的缘由：叙事拖沓，枝蔓芜杂，因果断裂，词不达意……虽然从未否认这篇作品的原创追求，但是经过这么多年的沉淀，仿佛开窍一般，终于明白，小说也好，散文也好，任何一个文艺种类，光有灵气，光有想法，是远远不够的。

四十天后，新《瑞兽》诞生了：字数两万七，几乎是重写。反复修改、不断打磨的过程中，我和十三年前的自己相遇了：呵呵，年轻时候的我啊，那么调皮，那么任性，那么饶舌，那么有趣，那么不管不顾，也那么拎不清、不节制、傻劲儿乱使。我一边修改，一边在心底轻轻叹息：哎，年轻人，当年"你"要是认识现在的"我"，那该多好啊！

稿件发给明全后，我因腰疾接受了一位陈姓祖传中医的治疗，经他种种怪异手法调理，那原来接近垮塌、多方求治未果的腰，竟奇迹般康复了大半。前天下午，就是在陈医生的诊所里，接到了明全要我赶写创作谈的邀约。说起来有意思，此前几分钟，拥有传奇经历的陈医生刚刚跟我瞎聊说："像中医啊、刺绣啊、书法啊、打铁补锅啊，还有你们写文章啊，靠的无非就是手艺。手艺不扎实，口才再好也没用。毕竟，咱不是卖保险的、做培训的，更不是说相声的。"

那天陈医生在我腰上拔了一个血罐。半个杯子的黑色淤血，都结成块了，是暗伤淤积多年的后果。也真是神奇，明明是疗治腰伤，那天拔罐、针灸、刮痧之后，我的视力却突然好了很多。惊问其故，陈医生笑而不答。后来浑身轻松地离开了，一路走一路看，感觉这个世界一下子清晰了许多。

# 兔子醒醒，说清楚再死
——应《山花》约，谈小说《待兔》

你们一定都听过那个"守株待兔"的故事。战国时代，一个农夫在田里翻地，忽然跑来一只兔子，莫名其妙地撞死在田边一根树桩上。农夫捡回家饱餐一顿，从此不思耕作，每日只呆坐那根树桩前瞎等兔子。直到他田里的庄稼都枯萎了，却什么也没等到，兔子没有来，老虎也没有来，连蜗牛都不理睬他。他饿死了，遭到了后人几千年的笑话。这个故事告诉我们，天上不会掉馅饼，一切都要靠自个儿努力，否则只有死路一条，否则死了几千年还要遭人嘲笑。

你听说过这个故事，你的爷爷姥爷也听说过这个故事，你的孙子外孙也会听到这个故事，这是中国最古老、最有生命力的故事。它被当作"成语"，编进词典，写进教材，拍成电影，画成漫画，谱成儿歌——"一只兔子真可爱，骗个农夫去等待；等来等去真可笑，一直等到饿死掉！"——好玩吗？并不好玩。

有劲吗？实在没劲。为什么？因为假假的。

一个农夫，姓甚名甚，何方人氏，岁数多少，一切都十分模糊。——有关一个社会人的基本情况都不交代，只说那个傻不隆咚的人是个农夫。为什么古代传说里那么多的主人公都是农夫？"农夫与蛇""农夫与驴""农夫怕鬼""农夫卖猪"……那么多的农夫，他们是同一个人吗？不是，又分别是谁？你讲故事也得给主人公一个名字啊，你老说农夫被兔子骗了，被蛇咬了，斗不过鬼啦，吝啬啦，把自个儿的舌头当作贡品送给皇帝啦，什么什么的，好像我们的祖宗尽是一些傻瓜——你该不会否认你家祖宗和我家一样，都是一个农夫吧？

再说那个待兔的农夫。书上说，他在耕田时，看到一只兔子跑来，撞死在树桩上。捡到兔子后他就不种田了，田里的野草长得比锄头把还要高。谁炮制了这个故事啊，真是个没见识的人！你说在战国，那田能是农夫自个儿的吗？辛勤耕作又如何，还不是要把粮食交给诸侯、王公那些不种田的人吃？种与不种有什么区别，反正都要饿肚子。那还不如去等兔子呢，好歹捡到兔子不要交给老大，自个儿想怎么吃就怎么吃。这么一说，问题就严重了，"守株待兔"的立场值得重新探讨：这个故事极有可能是统治阶级的御用文人——那些被称为"士"的家伙编出来的。你看他们用心何其险恶：广大农夫们，都别幻想兔子了，赶紧老老实实种田去，种出粮食老老实实交赋税，交完赋税老老实实当个没名没姓的农夫。否则，你们就会被饿死，被编进书里遭后世千百代嘲笑。

最可疑的还是那只兔子。你说一只兔子怎么会平白无故地跑过来，一头撞死在树桩上？真是无稽之谈啊！我问你一个简单的问题："你干吗不一头撞死在树桩上？"你必定要说你是人而不是动物，人是有意识的，好端端的自然不会去撞树桩。那我再问你："你家那条贵宾犬为什么不一头撞死在树桩上？"你必定会说："我家狗狗它好端端的，干吗要去撞树桩？"你要是这样回答，我只好继续追问："你家狗狗好端端的不去撞树桩，那人家兔子好端端的为什么要去撞树桩？"哈，被我问住了吧，狡辩不下去了吧，无话可说了吧？理屈词穷、恼羞成怒的你，必定会骂我胡搅蛮缠，钻牛角尖，无事生非，极其无趣。是不是？你必定会这么说。可是，你好好想想，明摆着是你在强词夺理，是你绕开了一个极其严肃的问题：动物也有意识，没有一只动物生下来，它的命运就是要无缘无故去撞树桩。如果真的有一只兔子撞了树桩，我们就有必要来细究：它从哪里来，要到哪里去，为什么要死在一个陌生人跟前？或者，它是撞了，但没死。又或者，它怎么也撞不死。那么，后来它去了哪里？

另一个值得探讨的问题是，那只兔子，它长得跟现在的兔子一样吗？它的嘴唇可能和现在的兔子一个样，都有个豁口，它的尾巴也可能和现代兔子一样短，但是，它的绒毛，在战国时代，是不是也可以是黄的、红的、绿的、黑的，或者玉色的、蓝色的、紫色的？

从质疑战国那只兔子的来历开始，这篇小说获得了它叙事的动力。"嘿，兔子，快快醒来！""嘿，兔子，赶紧复活！""嘿，兔子，你说清楚再死！"追索它们不同寻常的命运，三只战国兔子拥有了三种奇怪的颜色。农夫呢，从文本中消失了，从此待兔传说中没了他的身影。噢，也许你可以说，这是我，一个农夫后代对他老祖宗的平反和袒护。

——以上文字是《待兔》初稿的开头。此作最早写于十四年前，我想不起来当初为什么要写下这些废话。坦白说，《待兔》初稿的字数是现在发表稿的两倍，年轻时，我就是这么饶舌，讲着并不高明的废话和蠢话。十四年后，《待兔》经过一番大修改，在我向往已久的《山花》发表。心存感谢之外，我并不认为现在的我有多高明，从此不再饶舌和犯傻。我只知道，孔夫子说过，"其言之不怍，则为之也难"。我还记得，《礼记》里有言，"登城不指"，"城上不呼"。这样说，没别的意思，只是想表达一个接近于偏见的观点："创作谈"就是一种不靠谱的文字，近年所见同侪之创作种种谈，大都比创作本身更精彩。

如此,我耍赖一般就是不想谈。至少不要正面谈,不谈解构,不谈想象,不谈有趣,不谈远古的天真和今世的卖萌。也许我可以谈谈"初心"。噢,不错,"初心"是个好名字,以后我有了外孙,如果是女孩,我就叫她"小初心"。

# 我就是一条土狗
——答麦冬先生问

**问**：你好啊，又在《十月》发作品了。

**答**：一个报告文学约稿，好久没发东西了。

**问**：我记得，你最早在《十月》发的是散文《筝》和《荫》？

**答**：1994年，好多年前的事了，《十月》在我青春最无望的时候肯定了我，所以我愿意为他们写不太高级的"报告文学"，而且写得比小说还卖力。

**问**：你散文中的那种温暖十分动人，让人想到沈从文和汪曾祺。废名很久没读了吧？

**答**：刚好前段时间又翻了一下，体会到了"温故而知新"的温暖和动人。废名、沈从文、汪曾祺，在我的书柜上，他们三个是摆在一起的。原来我还把川端康成跟他们摆在一起。意境小说四大家，是我文字刚发育时最为重要的营养。川端和废名对我的启发可能更大,他们都是"感伤美"的创造者,刚好在二十年前抚慰了我灰暗压抑的青春。

**问**:你说过,不读木心,就没有资格和你谈散文。我特地找来读了两篇,还真不错。

**答**:我这样说过吗,我经常胡说八道的。

**问**:我记得你非常喜欢川端康成。村上春树你也喜欢。

**答**:日本作家的血液里流淌着纯正的东方传统。比如村上春树,他是非常资本主义的,小情小调,知识分子趣味,坊间不是有人说他的小说有向美国作家保罗·奥斯特致敬的痕迹吗,但是你看他最新的短篇小说集《东京奇谭录》,又小资,又日本,非常地东方。这真是了不得。中国当代文学已经没有传统了,你体会不到汉语的优雅和繁富。我们现在要么是普通话,要么是翻译腔,但没有汉语。

**问**:你喜欢的作家有些共同点,温暖、机智、简洁、干净,比如卡佛、卡尔维诺。

**答**:漏了一个——优雅。你看木心,雅到骨子里了。极致则美。

**问**:你特别讨厌繁复、笨重?

**答**:沈从文有句话,"某月日,见一大胖女人从桥上过,心中十分难过"。

**问**：你的博客中贴了篇韩东的文章，他比较了中和西，轻和重，简和繁，说得相当好。

**答**：老韩思考的是，一个中国的写作者，他在东西方两种不同的文学经典面前，要如何融会贯通。他说的不一定是真理，真理是，只要你思考了，你就离真理近了一步。老韩有头脑，现在好多人写东西是用手，不是用脑，包括目前国内很红的那些人。他们可能用心写，但没有用脑。现在有电脑了，方便了，很多人就不用脑了。——我好像很愤世嫉俗的样子，其实我现在的口头禅是"懒得说"。

**问**：你有一篇谈收藏的文章很有意思，"素雅的本质就是素"。

**答**：收藏会让人悟出很多朴素的真理。"素雅"一词真是颇值玩味，素是本质，雅是效果。但是我们经常把效果和本质混淆了。

**问**：收藏也是一种阅读吧？

**答**：物不语，最能言。

**问**：你以前雄心勃勃，一心向外，现在开始关注起脚下的这片土地来了。

**答**：这是衰老的前兆，呵呵。现在两天不玩莆田老木雕，不玩莆田民俗收藏，我心里就难受。这是一个魔咒吧，我被家乡文化施了咒,哈哈。

**问**:海都报的专栏还在写吧,特别精彩,都是身边的人和事,有点像笔记小说。

**答**:断断续续几个月,快结束了。倒是很愿意一直这样写下去,从来没有写得这么舒畅过。现在懒,但只要有人来约,我就端正态度好好写。

**问**:这些也是小说胚子。

**答**:是的,慢慢地将来再发展成小说。

**问**:海都报的专栏叫"无处告解",为什么用这个专栏名?

**答**:就是想集中表达现代人内心的隐痛、无言、隔膜、焦虑、牵挂……说不出口、说不清楚的那些东西。

**问**:这些也是你近几年小说关注的核心问题。

**答**:文学应该表达那些说不清楚的东西,说得清楚的交给新闻和影视。

**问**:最近看了不少笔记小说?中国古代笔记小说太多了,要找到一些特别点的不容易。

**答**:是的,但是古人云,开卷有益。

**问**:有人说写作就像狗在垃圾堆里找骨头,读书是否也一样?

**答**:关键是做一条怎样的狗,以及拥有一个怎样的狗鼻子。

我不是名犬，不是藏獒，不是猎犬，当然也不是哈巴狗。我就是一条土狗。你知道吗，土狗也有学名的，叫"中华田园犬"，挺有诗意的嘛！

**问**：除了笔记小说，最近还读了些什么？

**答**：《马未都谈收藏》、《民国手抄本莆田俚歌集》、《游泳指南》（着重研究如何换气，我学游泳学了三年，现在换气还是不好），我读的东西很不上台面的。

**问**：你曾把写作比作"持刀向己"，是否可以说阅读是"揽镜自照"？

**答**：写作就是自己杀自己。"杀"听起来很吓人，通俗讲就是解剖自己，寻找自我，向自己的内心挖掘。阅读我觉得还是像土狗找骨头，"揽镜自照"这样的词我想更适合位高权重者吧。

# "乍如谣白雪，犹恐是巴歌"
## ——写在小说集《朱红与深蓝》出版之后

《朱红与深蓝》是我的第一本小说集，辑入短篇十五中篇一，近二十三万字，2016年10月由北京十月文艺出版社出版。自1999年在《十月》发表处女作，这十七年里，我一共就写了这么一点点小说。我确实是写得太慢太少了。

小时候吃饭吃得快，母亲总是说，慢点慢点，吃那么快要去干吗？她的意思是，吃得快的人都是要赶着去干活受累的。小时候我体弱多病，什么活都不用干，我能乖乖坐着不发烧不说胡话就谢天谢地了。母亲那样说，也只是随口说说，如果我一直那样病下去，不管吃得快还是慢，不还都是苦命孩子一个？如今，我已年近半百，吃饭还是很快，固然已经不再动不动就发烧说胡话，可我快快吃完之后，依旧是没什么事急着要去做。南方小地方的天空没有雾霾，我每日举头仰望，发现天上始终就是那么一种单调的蓝，浮云的变幻也没什么过多花样。下雨的时候，这个世界变得生动一些。夏季，我们家的第一滴雨，一般会落在南面的铁皮遮雨板上。冬天，却往往是把北边露台的花木都淋湿了，南边的窗户才传来雨的消息。我在这个小地方搬了八次家，现在这个家已经住了快十年，在可预见的未来，我都会坐在这个靠南的窗口，有时饮茶，有时发呆。四季流转，看似无拘，实则有序，一年一年，最终还是让我看见了那晨昏交替的索然无味。久坐亦有惊醒时刻，那时我就会在心里对母亲说，阿娘，您不识字，您并不知道，慢也不一定好，写得慢的人，终究是比写得快的要多一些愁苦的。

母亲已经去世很多年了，我老是忘了她的忌日是哪一天，但我记得她是哪一年离去的。1999年，是的，正是我的小说处女作发表的那一年。那一年我三十岁，三十岁之前我写东西快，经常一个晚上能写几千字。母亲去世后，我慢了下来，一直慢到祖母去世、父亲去世、两位叔父去世，一直慢到老家无人居住，慢到几乎忘了我还有个老家。就这样，我越写越慢，慢到已经两鬓霜白，再快也写不了多少小说。这中间有什么联系吗？我是说难道亲人离世、朋友疏远，真的能浇灭我曾经兴致勃勃的文学热情？

也许，这就是我的宿命吧，然而现在我不愿多想。我这不还在写着吗，不还在出版小说集吗？而且，我自己很明确地知道，这本集子之后，我至少还会有两到三本书要出，其中一本还会是小说。

现在，我来说说这本书。出版前，因为深悔少作，我对之进行了长达十四个月的修改润色。我不敢说慢工一定就能出细活，但是这种"慢"，至少让我拥有了久违的耐心和细心。小说集已经在线上线下书店发售，如今每部作品有了全新的面貌，虽然远离了这十六篇小说的修改现场，但我依然能够清晰地记得，过去这一年"修旧如旧"的文字修缮过程：我纠正了"花蚊子有十二条细腿"这样的常识错误（《智能梯子》），也在一个小角色"卖肉"还是"卖海鲜"的职业安排上反复斟酌（《国欢寺》）。"枫叶"作为一个南方乡镇的名字显然过于浪漫，"西墩"看来更为妥帖（《假肢》）。普通女秘书与副厅级领导的绯闻不太可能发生，更合理的级别要低一些（《巨鲸上岸》）。晚报报道当日黄昏事故不可实现，要让第二天上午出街的晨报来完成（《石子跑得比子弹快》）。扑克牌不可能杀死一个人，最多只能刺瞎一只眼睛（《我喜欢倾听打牌的声音》）。鹅的肚子磨不了刀片，准确的部位应该是"砂囊"（《同声歌唱》）……感谢电脑的书写和修改功能，如果没有电脑这样伟大的工具，我这样"恨不得把脑袋伸进电脑里"（我太太言）的修改根本无法实现。

略略有点遗憾的是，直到交稿的最后一刻，我仍然无法对《晚期》中"去鲁迅文学院进修"这一情节做出修改。文中的"我"是个作家，按照小说发展需要，他必须离开此地外出几个月，可是经过一年的考虑，我仍然无法让他换一种方式离开……师专毕业以后，我从未长时间离开这个小地方去外地生活，我也曾经渴望去鲁迅文学院这样的地方进修，然而遗憾的是，在我年轻时，从未有谁给过我这样的机会。我其实是极不愿意在《晚期》中保留这一情节的，可是经验的匮乏居然让我一直无能为力。这真是一个奇怪的遗憾，我能对二十万字做出几万处的修改，却改不了我年轻时代的一次遗憾。

最后我想说的是，这本小说集的作品全部公开发表过，其中九篇首发于《十月》，其他分别见于《作家》《福建文学》《大家》《西湖》《春风》。为此，我必须对以上刊物的编辑朋友们表示衷心的感谢，他们是《十月》的两任主编王占军和陈东捷，三位责编顾建平、周晓枫和宗永平，《作家》的宗仁发和王小王，《福建文学》的石华鹏和杨静南，《大家》的陈鹏和马可，《西湖》的吴玄和孔亚雷，《春风》的金仁顺。搜狐福建、《海峡都市报》曾经以专栏形式刊发过《朱红与深蓝》和《黑暗佛》，感谢当年选题的推动者吴泓和宋晖。这些作品发表之后，陆续为一些国内外重要的年选文选和选刊转载，为此也向谢有顺、张颐武、拓璐、黄文山、杨晓敏、秦俑、林霆、冰峰、陈亚美、汉学家JoshStenberg等表示感谢。此外，李敬泽、谢有顺、席扬、顾建平、陈加伟、谭雪芳、许元振、杨雪帆、麦冬、高军、吴富明等评论家、作家也对这些作品做过或整体或单篇的述评点评，这里一并致谢。我是个散淡的人，如果没有你们的鼓励，终其一生，恐怕连一本小说都写不满。我还要特别感谢十月文艺出版社的韩敬群总编和李成强编辑，没有你们的帮助，这本小说集不可能在这么专业的出版社出版。十月文艺出版社和十月杂志社所处的北京北三环中路6号，永远是我最感恩的地方。感谢你们，没有你们这么多年不离不弃的持续扶持，我的文学人生不会是今天这副模样。

"乍如谣白雪，犹恐是巴歌"，我在小说集的《后记》中提到了一句偈语，这是我的族亲唐代高僧本寂禅师说的。这一刻，这句一千多年前的禅诗，在我的心中又有了回响。

# 河岸絮语
## ——旧手稿或陷于执着的乡村童话

看着风把湛蓝湛蓝的天一截一截吹高,前墩尾人脸上挂满了暖暖的笑意,小五哥便不再朝南走了。往喧闹的街头挺挺一立,噗地掷下肩头的蛇袋,迎风扩一扩腮,对着日头底下浮来浮去的脑袋们亮亮地吆喝了开来:嘿,卖蛇啦,卖蛇啦,蛇胆补气,蛇肉补身,蛇头敢治癞头僧!

(小说《杀蛇》)

开春时节,生产队里种花生,丕子在田头,将过去唱熟了的光棍曲子高高亮亮吼了起来:

正月春来哎桃花开,

光棍我盯住那大腚目发呆;

人生蛇头老鼠面啊,

眠床那一头空空哎你活该!

(小说《狗鞭》)

雨，轻轻轻轻下了起来。因小，便被山风飐起，目光一般四处飘荡，一挂一挂自林梢垂下，便成了氤氤氲氲的雾。雾并不很重，林子里哥好鸟哥哥好哥哥好的叫声，听来却也真切。

(小说《绣枪》)


山雨借林子里的风作伴，大大度度地从这个山头跨向那个山头，又从那个山头跳回这个山头。

(小说《破庵》)


那个晚照绚丽鸟们高一声低一声乱叫着四处寻巢的傍晚，挺拔高大脸上带疤的故人突然魂一般出现在女人的屋前。他鼓着双腮，将板大手掌中的一片树叶吹得脆生生地响。那时候，女人正手持一个小彩陶在新建的小洋楼门口痴痴地看着。由于那阵突如其来的叶笛，女人被记忆狠狠地甩了一鞭子，一下子坠入了一种无可名状的晕眩之中。她手中那个彩陶因了手心沁出的热汗，竟随着叶笛的起伏一瞬一瞬地灿然生辉了。

(小说《彩陶》)


"锁子，干嘛把船划得这般快，人家头都晕了！"

"嘿嘿……菱子，人家说……"

"……说什么？"

"说你下巴尖得可以纳鞋底！"

"就纳双小鞋勒你的大脚板！"

（小说《桃花》）

这六个短篇小说是1987—1989年福建福清师专写作课的作业。教写作的老师姓郑，莆田仙游人，福建师大中文系毕业，没大我们几岁，人长得秀气，就是嗓子不太好，钝滞暗哑无力，常年患喉炎的感觉。郑先生自己心里也存了文学梦，我接手师专中文科学生文学内刊《鹏风》主编后，组了一期小说专号，铅字蜡版油印，有模有样的感觉。郑先生化名写了篇《我和琳琳》，是爱情小说。毕业以后，我们才知道，原来"琳琳"就是我们隔壁班的女同学。土里土气的《杀蛇》《狗鞭》和老师缱绻温雅的爱情心得发表在一起，同时露脸的还有其他六七位同学的习作，另一位资历更老的教现当代文学的池先生为这本专号作了序。如此浓烈而激越的文学氛围里，这六篇小说习作在郑先生的写作课上屡获高分就一点也不奇怪了。

1989年春天，我的兄长陈加伟带我去拜访先锋作家北村先生。陈加伟当时在福建师大中文系孙绍振教授门下攻读硕士学位，识得时在《福建文学》担任编辑的北村。我们是在福州凤凰池的编辑部见的面，留着络腮胡子的北村当场飞快看完了这个总题为《南歌》的短小说系列。"不错，可以作新人推荐发表。"北村推了推厚厚的眼镜片说。

这是1989年的春天，这个春天万事充满了变数。没几个月，北村先生离开《福建文学》去了北京，《南歌》自然没了下文。夏天，我毕业回到莆田，去离家四公里的一所乡村中学担任语文教师。第二年，教写作的郑先生调回莆田，在保险公司担任文字秘书，给总经理写讲话稿。再五年，我调往离家十公里的涵江和郑先生从事了一样的职业。隔年，池先生调到我的同一个政府大院，也从事了文字秘书的工作。若干年后，北村先生自京返闽，在福州的一个饭局上，提及当年凤凰池的晤面，北先生居然还记得些微情景，"你那个时候真是又黑又瘦！"

这不是回忆录。一个小地方的作者唇薄言轻，这样的写作历程本就不值一顾，李义山当年追思年华的锦瑟无端而有五十弦，我少年时所见的弹得响的乐器仅有三弦。郑先生、池先生、加伟先生，他们确是三十年前那位多愁善感的文学青年的引路人，然而即便是他们，也并未全程见证这个青年被时代的俗念紧紧缠绕而不得挣脱的困境。这本来是一些可以直接丢弃的旧稿，旧代表着过去，本雅明说，"现在的思对于过去毫无意义，过去的思对现在也未必可以调和"，那么，为什么要重新翻开这些旧稿,分辨过去潦草的手迹,调整个别标点,择取稍稍平整的片段,用区别于正统宋体的楷体编排在一起?这是我的困惑,断舍离与惜旧物的纠结,直接烧了了事与要不继续留着的迟疑,一种晦暗不明的感受一直盘旋心头。这份感受和谦卑的道德感无关,和留存个人资料的自恋无关,也和小心翼翼的反观自我无关。"整理就是摧毁",好像也是本雅明说的,哪怕是单薄稚气,也要井然有序的局部明朗。仿佛只有如此,才能将几十年的羞耻感从根本上剔除。那么,这看起来毫无关联的六个片段,是最后一次向过去滗净自己的清偿存根吗?对此纠葛,米兰·昆德拉似乎看得更透。"过去才是充满生气的,"《笑忘录》里这样说,"它渴望着挑动我们,刺激并侮辱我们,引诱我们去摧毁它或者重新粉饰它。"那么,我到底是在"摧毁"还是在"粉饰"?或者是"摧毁式的粉饰","粉饰式的摧毁"?也许,在偶或闪现的彼时此刻,我仍然相信蛇头还是治得了癞头僧,下巴还是纳得了鞋底吧。

  案情非常简单:放暑假返乡的大学生求爱未遂将对方强奸了。而且是在姑娘家里,而且当着姑娘母亲的面。
  嫌犯供认不讳。剩下的就是一些纯粹的程序了。
  红鼻子法官在扇形审判厅里独自抽烟,想了一些事情。他是一个秃子，这一点并不为外人所知，常年覆盖的一头假发为他遮挡了可能出现的局促和尴尬。人们只把注意力放在他那著名的闪烁着智慧光芒的鼻子上，好多人甚至忘记了他的来路和真名。在他戴上威风凛凛的法官帽之前，人们都亲昵地喊他阿红、阿鼻、小红鼻啥的。近几年，随着他凌厉而强悍的断案名声传播开来，人们慢慢忘记了他原来可爱俏皮的外号。红鼻子法官，是的，现在大家都这样尊称他。至于审判报告上署的是什么名字，几乎没人愿意去多看一眼。

说起来也是好玩，红鼻子法官的鼻子原来并不这么红的，那时候他还没秃头，一头卷曲的黑发几日不收拾，就纷乱得跟狮子头似的。他那乌油油的少年黑发是在一夜之间全部掉光的，这件事扯起来有些远了。1953年，传闻老蒋要反攻大陆，县委在古城楼上召开紧急会议，这件事县志有载，调集军备物资，船只多少艘，粮食多少吨，民兵多少名，等等，一一详细记录。其间发生的另一件事县志一点痕迹不留：天黑时分，下了一场细雨，一队士兵无声无息地从古城楼下走了过去。城楼上的人都看到了，那些兵们红衣红裤红鞋子，肩上齐齐扛着一把虎头刀，步伐虽然不一，腰身却都板板正正的。再细细一看，所有的士兵居然都没有脑袋。这样诡异的场面让城楼上所有的在场者都惊呆了，一个年轻的警卫鬼使神差地拔出了腰间的驳壳枪。

一双大手制止了他，那是他的首长——军分区司令员。首长充血的双眼让年轻的警卫终生难忘。在年轻警卫再次将目光投向那诡异的兵阵时，更可怕的一幕发生了：雨雾中幻影一般行走的士兵们的两肩之间，开出了一朵朵红灿灿的花。

"莫非这就是传说中的阴兵……"不知是谁轻轻嘀咕了一声，年轻的警卫这时忽然觉得自己的后脑勺好一阵刺痛，那种痛迅速爬满整个脑袋，最后停留在了高高的鼻尖上。那天夜里回家之后，他开始大把大把地掉头发，他的鼻子也慢慢红了起来。在掉发秃头和鼻子变红的奇妙转化中，年轻的警卫经历了这座古老县城颇为魔幻的一个事件，阴兵过街的第二天，县政府后院悄悄举办了一场祭拜，前一天参加御敌会议的所有人员，都秘密到那里烧了一炷香。之后就是木偶戏，连续演了三天三夜。最后一场木偶戏结束的那天晚上，前方传来了消息，三艘在大海峡探头探脑的台湾军舰突然莫名其妙地消失在了神秘莫测的波涛之下。

（小说《童话：限于执着》/1989-10-10，03：46）

《童话：限于执着》，第二个小说习作，全文一万两千字，开头部分是这样的。这是小说吗？当然是，当年的我一定这样认为，你看那行文中振振有词的样子。实际上两年前发现这个旧稿时，我还一直认为这是一件可以拯救的作品，哪怕作为原材料，也是值得再度挖潜的。我被三十年前的自己迷惑了，为之耗费了不少心思。我以为凭借今天对小说叙事艺术的理解，一定能够将它修改出来，就像一位技艺娴熟的木雕家，东劈西刨，就能从一块烂木头中开凿出一副生动的面容来。几番折腾之后，我叹叹气放弃了。这不是一块烂木头，而是一件生硬的半成品。我只听说过木雕家能够化腐朽为神奇，从来没见过他们把一件别人的半成品变成自己的杰作。

可是这些文字不是当年我自己写下来的吗？怎么能说是"别人"？

这些稚气十足的腔调啊，这些轻飘飘的全知全能叙述啊，这些笨手笨脚的模仿啊。那一年我二十岁，刚刚步入小说写作的学徒期，看起来完全就是一副"别人"的模样。

红鼻子法官没什么过分的嗜好，他只是朴素地迷恋上了一些别人不屑一顾或视而不见的行为。他喜欢独处，特别是在如此空寂的审判厅。审判厅，是的，这个扇形的密闭空间，不管有没有审判罪犯，这种特别的、严肃的、可称之为庄重的氛围，总能让他心神安宁。当然，最让他迷醉的还是宣读判决书的那一刻，那时候，他的声音略带鼻炎固有的独特意韵，温柔中有些深情，缓慢时更显恳切。他似乎不是在宣布一个人命运的转折，有罪还是无罪，对于被告人这是结果，在他的诵读里，却并非指向终点——"无罪，当庭释放。"他声音里的意涵并不止于此，"从此……好好生活。从此……不要再让我看见你。"也许，欣喜若狂的被赦免者并不能在第一时间体会到他的祝福和警告。相反，获刑的人多少还是听进了一些他的劝告："十五年，看起来是有些长……但也许不用那么久。总归，生活还是要继续的，到哪不是活呢，你说是不是？"

这是一种"判罪癖"吗？那一刻他的心里闪过这样的念头。也许吧，是又如何呢？他暗自笑了，红红的鼻尖上一粒汗珠子滚了下来。

（小说《童话：限于执着》/1989-10-10, 03: 46）


呵呵，"判罪癖"，有点意思。这样的灵感显然来自二十世纪八十年代的文学现场，当时的余华、北村、苏童们就是这样写的。二十岁，正是一惊一乍的年纪。然而，也是一种勇气啊。后来渐渐规矩了，合理了，妥帖了，紧致了，好看了，甚至如古人所言，"纯师"了，"绝肖"了，却也慢慢僵化了。

董玄宰终生推崇"字须熟后生"，大概就是在反抗这个路数吧。

最重要的还是恋人的那封信。红色证明着一种无可挽回的坚决，字形的犹豫别扭分明又指向另一种暗示。太阳光在那一个个鲜红羞涩的字里行间兴高采烈地跳来跳去，大学生的心里溢满了无比伤感的念头。记忆令人心碎地纷至沓来，没有真正爱过别人的人，永远体会不到以整个生命去爱去陷入的滋味。大学生因为恋人而患上了一种离奇的病，每当他过分痴迷地思念她，他就把自己关在房间里，执迷忘我地折叠出一些形态古拙的动物植物和小人来。这些精致的叠纸方法是小时候他的小姑姑教的。大学生的农村故乡曾经相当热闹地流行过一种天真浪漫的叠纸样游戏，在大学生所知的故乡故人当中，就数他年轻的小姑姑叠纸叠得最为奇巧。小姑姑的手纤细柔嫩，她的身上有着沁人心脾的气息。后来，当他不慎踩上那条长长的黑夜之影，他就把小姑姑的叠纸方法彻底忘光了。他凭着自己的想象，重新踏出了一条宽敞漫远的叠纸之路。在他发病的日子里，他让他的童心像风像月一样在往事里四处漂泊，他的双手无比灵巧地叠出了无数貌似荒唐实则真诚的纸样。这些纸样简直就是他一些童年旧事的翻版。

（小说《童话：限于执着》/1989-10-10，03：46）

"貌似荒唐实则真诚的纸样"，这门手艺彻底消失了。阴兵的传说,很快我也不好奇了。后来的阅读提醒我,大多数经典作家都对自己最初的甜美经验进行了一番去魅和消杀,《博尔赫斯七席谈》里就提到了童年生活中一只神奇的石头龟。"贮水池的底部有一只石龟为我们净水。我和我的外祖父母以及我父母长年累月都饮用由石龟净化的水,从来没得过什么毛病。"多年以后,当博尔赫斯重新提到这头石龟时,他用不容置疑的语气打破了这份迷信,"可现在要是想起喝石龟净化的水,就不免犯恶心了。"

瘸子儿子:嘿,大学生叔叔,你看到刚才走过的那队兵马吗?真逗,他们的眼睛都长在肚脐眼上。

瘸子儿子:过几天就是七月半了,七月半是鬼节,奶奶说那天晚上,你要是放一个鸡笼在三岔路口,里面放上蚯蚓干做芯的柴油灯,你就能看到人家的祖宗挑着供品从那里走过。

瘸子儿子:可我老在三月三忘记了挖蚯蚓晒干,奶奶说必须是三月三的蚯蚓干。

(小说《童话:限于执着》/1989-10-10,03:46)

《童话:限于执着》手稿用三本当时流行的初中作文簿写成,钢笔,黑色墨水,写在略显粗糙的纸张背面。手稿的最后一页上还有这样的字眼:"1989年从夏天到秋天,10月10日凌晨三点四十六分完笔。这一夜将因兴奋而失眠,明天的课怎么上啊,可怜的不屈的青年教书匠。"原来师专毕业的这年暑假,我是一边焦急地等待分配工作,一边继续小说写作习艺的?那当时还没落实单位,为什么会说自己是可怜的教书匠呢?显然这应该是第二稿了。这些细节不重要了,三十年过往,到最后来看,"蚯蚓干"还是比"判罪癖"有趣。然而这些看起来趣味盎然的乡村童话,包括无声行走的阴兵、县政府后院的木偶戏、迷失时分的叠纸样游戏,对于今天以及未来的我的小说文本建构,似乎也没什么意义了。但我还是想借此记上一笔:这所有的神秘元素,都来自我的老家围庄,来自奶奶的口头文学。奶奶已经过世了,围庄也在城市的疯狂扩张中被从地球上抹去了。三月三的蚯蚓干,从此不再执着地去七月半的路口点灯,围庄的鬼们,从此彻底地从文本中消失了。

也许还应该谈谈关于成功的向往。"可怜的不屈的青年教书匠",显然透露出彼时对生活现状极度不满和不甘的态度,是的,我必须说出当时的贫穷、窘迫和卑微。我不准备在细节上以老者的口吻述说那种困顿,两三年前在一篇应莆田当地报纸《湄洲日报》副刊创刊三十周年而作的纪念文章里,我这样写道:整个1990年代,我对习作变成"铅字"有过单纯而热烈的渴望。那个年代，每篇作品都是在稿纸上手写出来的，写好了，还要誊清一份，然后邮寄到报社，然后等待变成"铅字"。"铅字"就是发表，发表就意味着肯定。由于《湄洲日报》特殊的覆盖面和影响力，这种"肯定"传播开来，效力惊人。而在那时，哪怕是一片小"豆腐块"的肯定，就足以对身处狭小空间的我产生不可估量的激励……

这真是一段值得反复回溯的日子，和整理、处理这些旧稿的想法不同，我不准备滗净那些往事的泡沫和汤汤水水。我是说，我其实并不因为这样卑微的出身而有丝毫的怯懦或羞赧。大概在十五年前，文学评论家南帆先生在一个"设问福建本土作家"的对话里，用这样的一个问题来盘问我：作家的眼界往往和写作环境有关系。但是，每一个作家都有独特的方式与世界联系。目前，全球化的趋势正在将世界各地联结起来。你还会觉得自己是在"福建莆田"这样的小地方写作吗？如果置身于北京或者上海是不是就更容易成功？

我是这样回答的：我本来就是在小地方，现在我还是在小地方。我从未离开，也从未想过离开。我的一次次向大地方的靠近，只是为了更有力地返回。我喜欢这里和那里之间那段看得见的距离和距离产生的看不见的弹性，我的琴弦被大地方和小地方拉得直直的。我从未忽视大地方的存在，但从不刻意逢迎。我说过我是在大地方和小地方之间拉了一根弦，我不是要让自己成为一根它们之间用作拔河比赛的草绳。我的写作，我在这根琴弦上的弹奏，是对我的小地方的重新命名和真切回报。我甚至有两根琴弦，小说和散文，我用它们虚构我的小地方，常常采用反义的手法：戏谑、反讽和篡改。这些技法有时看来僵硬、生涩，但没有让我脸红。我相信，一切刚刚开始，我这样做都是为了表达对我的小地方的热爱。这是我的"俄狄浦斯"，是我和小地方之间的有趣的互文效应。同时这还是我和小地方的双重革命。

这段回答显然充满了狡辩和申诉，甚至暗含着自卫一般的闪避。如果还有机会接受南帆先生的追问，我愿意引用博尔赫斯的一句话来回答："我知道，这种向不可能的缓慢跋涉的命途，对我而言是一种愉悦。"（《博尔赫斯七席谈》）毕竟博尔赫斯宣称，他本人就是一位"市郊诗人"，他甚至说，"绅士只对失败的事业感兴趣"。在这里，我想说的是，引用不是对大师的攀附，而是强调对"命途"一词的深度认同。

少爷最终能够长久地停留在这一带有山有水有寺有庙的南方，完全因了他怀里的那叶蚕丝地图。在少爷迷迷糊糊地盘旋在明丽的江南，一次次经受预感折磨的时候，蚕丝地图像火一样地在他怀里灼烧起来。少爷的神志清朗过来,他掉转马头扑进了这一派无边无际的春意阑珊之间。

少爷复睁了眼去看那只色彩斑斓的野鸡。这个时候野鸡已经吃饱了,正从自己身上啄下一根绿色的绒毛,再用翅膀将绒毛扇到了半空;绒毛在四月的暖阳中闪闪发光;野鸡鼓足气,一跃而起,牢牢叼住了那根从它自己身上掉下的毛羽。

少爷去大雄宝殿听了一会儿早课,心澄气朗地回到房中。一个大头小和尚给他送来了素食早点。小和尚的头真是大得出奇,几乎是没有脖子地夹在瘦削的两肩之中,大大的头上五官都极模糊,看上好几遍都留不下什么印象。

少爷看到大头小和尚进来,忙肃然起身,唱了一个肥喏,小和尚却呆头呆脑地转身离去了。这样一个空洞洞的动作,让少爷愣愣地在房中站了好久。

少爷在河边茅屋门中闷闷独坐。

一只呆头呆脑的蜻蜓飞到他跟前,少爷郁郁地伸出一只手去。

蜻蜓毫无顾忌地落在了他的掌中。

要下雨了,少爷想。

蜻蜓在他掌中,拿饱满突出的眼看他。

少爷将掌一握,以为就握住了一手扑棱棱的声音,可是展开拳来,却空空如也。

(小说《少爷和触手可及的春天》/1990-03-08,17:49)

把这些片段发给年轻的朋友看,她回说:"骚气。"哦,倒是没想到这个词,还以为她会说"诗意"。"骚气"就是"浪漫""抒情""诗意"的近义词吗?不好意思再问了。可是那个时候,洋溢在阅读经验里的差不多都是这么骚气的调调,誊写这份手稿的方格纸里刚好夹有几张白纸,工工整整摘抄着一些名家金句,像是师父递过来的鲁班尺,说是某种武功秘籍也不为过:"他,在某种场合,最好是形形色色人物都有的场合,用一张绿色桌子标志自己的精神境界。"(查拉《正面或反面》)"赵少忠心中积存已久的那个红色的影子,像山后隐没的夕阳,在彤红的天空只余下几缕游移不定的光芒。"(格非《敌人》)"他始终同他们保持着一段可望不可即的鼓舞人心的距离,直到他不可救药地被费尔明娜·达萨的乡村气息所倾倒。"(马尔克斯《霍乱时期的爱情》)

老屋门前，曾植香橼一株。秋凉花开，结果累累。花则白莹莹灿若晨星，果则佛手一般，纤指紧抱，握着了一种神秘的绿。后值搬迁，树随人走。人在新居牢靠居下，树却叶落枝枯，渐渐老去了。

或树或人，都有一条深深浅浅的根。浅的漂泊浮沉，深的一世一生只能活在一个地方。

古诗里说的，"燕子来时新社，梨花落后清明"，好像跟这心意相关，好像并不沾边。梨花是梨花，香橼是香橼，燕子分得清的。

（散文《梨花落》/1990-04-08，00:01）


香橼就是佛手，这个我很早就知道的。以前在围庄，香橼是一种药，腌制的卤水可止腹泻。香橼成熟时，奶奶要拿一个小瓮来腌藏，之后的一年里，时不时总有人家手持一个小瓯过来讨要。奇怪的是，这么宝贝的植物，村里好像仅有我们家一株。现在香橼却是常见，淘宝上有卖，十元钱一个，拿来摆盘清供。所谓清供，就是置于盘中篮里做拍照的道具用。不是现在的人不腹泻，是家门口的药店随时都有氟哌酸和黄连素。而小瓮大瓮，却不多见了。

我好像又回忆了，忽然记起一段话，出自苏珊·桑塔格为本雅明《单向街》英文版写的导言:"对自己的回忆成为对一个地方的回忆,他围绕着这个地方游移,在其中不断变换着自己的位置。"在后面的段落里,苏珊又提到,布莱希特的书桌旁边有一只木制的小毛驴,脖子上挂着标记,上面写着:"我也必须理解它。"

所以,我要理解香橼,围庄的、异乡的、淘宝上的、记忆里的、朋友圈的,作为风景的、辟邪的、药用的、摆件的,我都要给予理解。毕竟那个被称为围庄的村庄消失了,高德导航上没了,百度地图上也不见了。

这里没有隐喻,小瓮和大瓮也不代表什么。没有就是没有,"我也必须理解它"。

一则民间故事,一个穷人家里藏着一只玉老鼠,这只玉老鼠是无价之宝,谁得到了,一辈子都不愁吃不愁穿。后来,一个珠宝商知道了,他捉来一只金丝猫。那猫冲进穷人家,将那只玉老鼠追得没处跑,最后掉到地上摔碎了。

(小说《伤心的红布》/1991-01-10,22:00)

民间故事总是这么不讲理,玉老鼠摔碎了,那金丝猫还不被打死。

金丝猫不会被打死的,那个时候的民间不舍得。

现在也一样,玉老鼠碎了,金丝猫更不应该死。

什么时候金丝猫该死呢?《伤心的红布》里一直在追问这件事,到最后也没有结果。后来,不仅是我,连珠宝商、红布、穷人,大家都忘了金丝猫把玉老鼠摔碎那件令人沮丧的事。

最伤心的当然是玉老鼠的主人,那个没名没姓的穷人。

谁叫他莫名其妙地拥有一只玉老鼠呢。一颗玉花生米也好啊,也可换得几袋大米吃。哪怕就是一个玉米,摔碎了还可以做种子用。

《荫》《筝》《水》《云》《霞》《玉》《榴》《帘》《谣》《霭》《洇》《榭》《韵》《涛》《霏》《结》《绮》《缟》《耀》《烛》《影》《潮》《岸》《月》《兰》《歌》。

(系列散文《踏莎行》创作小计划/1991-02-24,08:07)

《踏莎行》系列,当时想写的有二十六篇,写出来的只有《荫》《筝》《云》《歌》四篇。很多文字,当时不写,后来就写不出来了。很多风景,当时不看,后来就没了。很多人,当时不往来,老死就不往来了。十年前看到这份便签时这样感慨过,现在想的却是:很多人,当时往来了,后来到老到死也不往来了。很多风景,当时看了,后来不想再看了。很多文字,当时写了,后来慢慢后悔为什么要那样写。

然而还是要写下来,一鼓作气写下来,不顾一切写下来,就像普鲁斯特描述的那样:"所有体验过所谓灵感的人都熟悉这种突如其来的热情,那是一个绝妙念头来到我们心间的唯一标志;这个念头一出现就催着我们快马加鞭地紧随其后,它立即使词语变得柔韧、透明且彼此相互映衬。"太美好了,普鲁斯特饱含深情地继续说道:"对此有过一次体验的人明白这些。"这些话出自一篇散文短札,标题是《灵感的衰退》,在描述灵感不期而至的种种美妙之后,普鲁斯特沮丧地提到了"灵感的悲哀":"冬天不再给他留下任何印象……季节的神秘力量再也没有在他身上遇到任何激发他激情的神秘力量……"

昨夜残茶,酽酽的如同一段心事。

一只壁虎羞答答爬过来,鼓足勇气向他点点头,又羞答答地去了。

几只苍蝇拿腔拿调地在头顶嗡嗡叫着。

风来林动,千万张叶子如千万只小鸟,在枝头一跳一跳的,又像是千万只小手在挥动告别。

血和泪一样,在太阳底下都会晒干的。

那汉子一脸肥肉,自是将那双眼睛逼小了去。

他家大门口坐了两只石狮子,龇牙咧嘴的,想笑又有点腼腆的样子。

(一张白纸上随手写下的句子/1992-07-08,21:01)

偶然发现的几个句子,夹在一本毫无关联的书籍中间,这本书是宋慈的《洗冤集录》。就像穿越二十八年的一声惊讶的问候,是一惊一乍,是傻里傻气,却惋惜更多这样的便条不见了。也许还有,毕竟有那么多藏书,毕竟这么多年再未打开,毕竟当时那么喜欢感慨和惊呼。

你还有吗?如果有,借两张给我看看。没别的意思,就是好奇那时候你用什么笔,用什么颜色的墨水以及写在什么样的纸上。以及,你的字写得怎么样。以及那时候的你,是怎么样的一种腔调。不要担心,我不会嘲笑你的,就像现在我不怕你嘲笑一样。

壮少郎。瘦岛。阿蛋。匀丐。舟牧。瞳瞳。半间。离寒。离罕。

(曾经用过的笔名/大约在16岁到24岁之间)

曾经用过这样一些笔名，整理旧手稿时发现的。二十三岁的时候还用过"黄小刀"这个笔名，至今不少老友还亲切地喊我"小刀""刀子""刀"。喊"刀"的大多用的是莆仙方言，后面加一个"啊"。"刀啊刀啊"，只有三个人这样喊我。某日，第四个人突然这样喊我，我愣是老半天没回过神来。"阿蛋"是我大学时候用过的，自己早忘掉了，前不久有个大学同学给我打电话，突然叫我"阿蛋"，把我叫得差点翻了脸。不知道为什么会那么失态，那个同学神神经经的，他老是那样，老大不小的人了，忽然叫另一个老大不小的人的乳名，谁好意思呢。

第一次用笔名在高中的校报上，"壮少郎"这个笔名被一个男同学嘲笑了好久。"你们这些爱好文学的，取的笔名都好傻！"他撇了撇嘴，一副不屑的样子，"我要取笔名，就叫'笔名'，全天下最独特。"你大爷的，你取"笔名"作笔名，还不被编辑锤死。

几天前一个月光明亮的夜晚，开着摩托车带木棉在环城路兜风时，我突然鬼使神差地对她说，"你知道沿着旁边这条乡间小路开下去是到哪里吗？"那时候木棉正靠在我的背上往我脖子里吹气，说起话来懒洋洋的，"谁知道呢，也许就像你说的，每条路的终点都是你自己的过去。"本来事情应该到此结束，每回木棉试图打听我的过去,我总是想方设法把话题岔开,但不知怎的,那天晚上,当亮晃晃的车灯照在那条泥巴路上,耳畔响起初夏青蛙零星的鸣叫,我突然变得有些迷茫。"这条路的尽头是河岸一带,也许这样的夜晚,月光会照亮河边青草上的夜露。"木棉不说话,伸出小手在我脸上轻轻抚摸了一下。就这样,六年以后,我迷迷瞪瞪重返了河岸,又一次看到了月光下满地的野花……那天晚上,我第一次抱住木棉,在马路边,疯狂地咬住了她发烫的双唇……一辆疾驰的集装箱货车在我们身旁减速,司机在高处打了一个呼哨,我没有抬头,只是更紧地抱住了怀中的女孩。我以为抱住了她就是抱住了我的"现在",就是把"过去"远远地抛在了野花遍地的河岸。

(小说《河岸絮语》/1999-07-09,12:27)

《河岸絮语》的手稿上标着"小说",写到这里就停下来了。还好是小说,还好停了下来。这份手稿本来是不值得整理出来的,我只是好奇自己的青春期如此笨重而漫长。这么说的时候,忽然想起了加缪的一句话:"人必须生存到那想要哭泣的心境。"

三辑

# 抵达远方的魔力

一

1987年夏天,莆田锦江中学高中毕业生杨峰奇面临一次人生选择:回到复读的课堂或留在出生地莆田南日岛。这仅仅是一次个人成长途中的简单取舍,当时青春年少的杨峰奇不可能料到,由于他的留下,在以后长达七年的时光里,一群和他拥有共同身份的渔民后裔将追随他,通过对岩石、飞鸟和浮云的长久凝视,获得一种抵达远方的魔力。

远方有多远?如果这是一个物理问题,不要说当年才十五六岁的张颖斐、杨庆荣、林超雄根本不懂,就是已经二十出头的杨峰奇、陈文兴,脑子里也一片模糊。这些渔民的后代曾经无数次地面对大海想象过远方,但实际上他们最远才走到莆田城关。而当远方成为一种精神方向时,他们澄澈的双眼已经望见了贫瘠海岛之外的另一个世界。这个世界里不分尊卑，只要真诚；天才和勤劳者都会得到回报，言行笨拙的人手里可能攥着魔法石。这个世界的一端在远方，一端在自己心灵深处，连接它们的那条路叫"文学"。

那些消逝的旧时光里，整个南日岛没人知道，这些渐渐长大、不时进出浮叶村573号石房子的渔村孩子们，他们在进行着怎样的秘密游戏。而陆地这边，莆田，更远的地方，也不会有人知道，那些年里，在东南沿海一座孤独的岛屿上，一群热爱文学的孩子正在从事着背叛海岛传统生活方式的写作活动。

"远方"早在1991年就对这里进行了肯定，只是由于大海的隔阻和岛屿的不喜张扬，我们对此一无所知。1991年，中国诗坛包括本省杰出诗人蔡其矫、舒婷在内的许多诗人，一直关注着那个年代最具先锋意识的《诗歌报》的几次重点推介：3月号，杨心航，组诗《阳光剧场》；6月号，秦冰，《情诗》；11月号，杨雪帆，《我是爱的天才》。由于缺乏详细的作者简介，当时没人知道，这三组风格鲜明、视野宽阔、充满光亮的诗作出自同一个人，他的真实名字是杨峰奇。这些诗歌的诞生地全部是南日岛浮叶村。

1992年，全国语文界最具影响力的《语文报》连续十五期刊发一个叫康桥的莆田中学生对中国新诗的系列评介，引起了一些热心人士的关注。七年以后,康桥出版长篇散文《逆风独行》。这部先后获得第十四届福建省优秀文学作品一等奖和第三届福建省人民政府百花文艺奖的散文集,揭开了原名林超雄的青年作家康桥和南日岛的秘密关系:在他年轻的生命历程中,十七年属于南日。《逆风独行》中康桥饱含深情地写道:1990年夏天的浮叶之行,改变了我的一生。

1998年1月,权威文学刊物《收获》刊发短篇小说《愤怒》。这是莆田作家在全国性文学刊物发表的第一篇小说,人们后来知道作者杨静南那年二十六岁,他的真实姓名是杨庆荣,但至今少有人知道,他的出生地是莆田南日岛。

更多年轻的身影从南日岛跨海而来,他们的名字不断地出现在市内外多家文学刊物和报纸副刊上,他们是原名张颖斐的张旗,原名陈文兴的陈默,原名陈珍华的楚川,以及张紫宸、杨繁华、林一杆、胡新华等。

## 二

我曾多次试图探究:这些海岛出生的渔民后裔为什么都长着一张白皙俊秀的脸庞,他们的性格和我想象中的粗犷、率性截然不同,过分的温和和内敛,让他们的整体形象在并不宽阔的莆田大地显得模糊而陌生。为什么他们的早期作品都不约而同地呈现出一种梦幻般的气质，流淌着赞美诗那样柔和、明亮、清晰可闻的感恩旋律？我是他们的同龄人，杨雪帆大我两岁，我大杨静南三岁，他们在那座岛屿遥想远方的夜里，我正在莆田兴化平原北部的一座小山村里怅望星空。相近的青春遭遇，让我在集中阅读他们的作品时，不仅毫无隔阂，而且倍觉亲切。一个陆地上的青年，毫不费劲地就理解了这一群岛屿上的青年：他们的成长固然和南日这座岛屿密切相关，然而一开始就具备的辽阔的视野、准确的方向、良好的启蒙和从事文学必不可少的持久热情，造就了他们与陆地迥然不同的独特品性。与其说南日的风和大海给予了他们罕见的神示，不如说是他们的灵气和才华对南日进行了大胆的重构。风、沙滩、古船、石头、大山、贝类、海洋、民谣、传说——仿佛有一种魔力悄然进入这些物象的内部，自然万物在他们的笔下纷纷获得了重生。来自中国最古老年代的修辞手法得到了尊重，比喻、象征技巧得以广泛使用，他们早期的作品清新可人，易于吟诵；从现代诗歌源头得到的启发，让他们掌握了解读一块岩石内在结构的途径；而对他们超然物外品德的最合理解释应该是，他们的内心一向坚定恒一，哪怕是后来多数人离岛上岸，遁身城市，也能时常梦里飞跃海岬，回归大海深处的静谧。

我喜欢1998年以前的南日群体，甚至因为1991年"不幸"结识杨雪帆而终止了自己不成气候的诗歌写作，但我更喜欢1998年以后的他们。1998年似乎是南日群体裂变的开端，原先相对同一近似的"南日风格"在这一年分化瓦解，不同的写作个体陆续找到了属于自己的言说方式。1998年《愤怒》的发表，不仅为杨静南个人带来一个有才华的小说家应该获得的肯定，而且被我看作是莆田青年作家小说创作崛起的一个里程碑式的事件。随后不断诞生的小说《声音》《秋风》《女生梅兰》《模糊的光影》《黑暗中的面孔》，证实了杨静南面对现实世界的敏锐发现和超越旧我的自觉。1999年，熟悉诗人杨雪帆的人们对他在小说宏大叙事方面的成熟把握表示出了惊讶，就像那把著名的"徐夫人剑"，小说《荆轲》优雅自如，暗藏杀机。而他在2001年重新恢复的诗歌状态，更是让我莫名兴奋。和《逆风独行》相比，我更看重康桥在2001年发表的《原乡》，这篇万字散文让我看见了原创的活力。站在张扬"裂变"的立场，我最看重2001年的张旗。这一年，长时间陷落在语言泥沼中的张旗，一口气摆脱了大师的深度影响，小说《海盗城》《狼》《平静的流水》，证实了张旗那艘深藏海底的潜艇已经浮出水面，开始在小说叙事探索航线上加速前进。张旗的小说有别于本土所有作者，对小说叙事这门古老手艺的不断翻新和对人类噩梦一般心灵真相的尖锐揭示，让我有理由对他的未来许以重望：这个人的写作必将为南日群体乃至莆田小说破开一个新的锐角。

## 三

1990年代将近十年间，我不间断地与南日军民小学的教师陈文兴保持着书信联系。我阅读着他和杨雪帆共同修造的纸上风景《风诗歌沙龙》，倾听着那个叫陈默的诗人关于诗歌本质的热切表达，想象着月亮升上桅杆时的光辉和沙滩上孩子们用整个身体发出的呼叫。然而我至今尚未登上那座创造奇迹的岛屿，这与我试图保持南日这座"海上文学牧场"的神秘和完整的唯美心态有关。但是那些神奇的岩石、那个被杨雪帆喻为"美丽的木篮"的大海，在最近的一两年里，陆续通过新一代南日作家的文字对我一次又一次发出了热情的邀约。

杨静南、张旗、康桥之后的南日作家的年龄和才华再度让我惊讶：他们中的陈珍华、杨繁华、张紫宸都出生于1975年。张紫宸在少年时代专注阅读中国古典文学，十八岁后广泛涉猎西方哲学，曾用两年时间研究马克思，他的诗歌已长出成熟的羽翼，对形式的过分关注并没有破坏其行文的大气。楚川的作品以散文为主，多年来他在南日岛一片开阔的田园上教书写作，他的作品是他身边乡村生活的完美载体。其风格看似平实，字里行间流淌着的真挚在这个日益热闹的世界却显得尤为难得。杨繁华的作品数量较少，他的自我要求是"遵循自然简淡的天性"，在他有限的作品中，我看到了"思虑的成分"，而这种思虑和自省始终是写作人的必备素质。

生于1976年的林一杆和生于1977年的胡新华有一个共同的特点，即在同一个地方（南日岛），用同一种文学形式（诗歌），表达同一种来自天空和大海的感动。他们现在坐着的岩石，也许陈文兴、杨静南、张旗他们也曾经坐过，但他们现在走着的这一条路，也许康桥、杨雪帆他们并未走过。由此我仿佛看见，四面八方吹来的风，已经让那片古老的大海起了波澜。

这是发生在莆田最边缘岛屿上的传奇。我们现在很难估算这群来自同一个岛屿、有着共同精神表情的南日青年作家将为莆田、福建文学贡献出什么，但是这样一个群体的出现，至少应该让我们对那个遥远的岛屿投去一束热切而期盼的目光：看呐，那里就是牧场，海上的牧场，诗歌的牧场，文学的牧场。

# 这是内心显灵的时刻

秋天午后,一个人在办公室,不到一个小时读完了杨静南的两个短篇近作:《朝圣》和《园丁》。工具栏上显示,两篇小说都只有七千余字。我喜欢万字以内的短篇,喜欢那种灰色调的、冷峻的、简洁的"七八千字味道"。

这两三年,除了小长篇《火星的呼吸》,静南写的都是这种几千字的小东西:《晚年的叔公》《侵犯》《水怪展览会》《水晶宫与圣诞节》。静南从海边调来《莆田乡讯》,已经快四年了吧?四年里,他一共写了一个小长篇,六个短篇,几个散文。从数量看,不能算多,但每个都是精品,都寄托着他对小说艺术的追求。从二十六岁在《收获》发表《愤怒》,到今年,恰好十年过去。十年里,静南写了一大把小说,但是除了有限的肯定(我记得只有《福建文学》发了《模糊的光影》,《西湖》发了《侵犯》,《海峡》发了《女生梅兰》),其他的,一个一个，都寂寞而冷峭地站在少数几个朋友的电脑里。我在自己的电脑上单独为静南的小说设了一个文件夹，时不时地，我会默默地打开那个文件，默默地再读一遍，读着读着，忽然就走了神……

置身莆田这样的小地方，我能说什么呢？静南如此，我又比他好多少？

说说静南的小说吧。《朝圣》和《园丁》，他最近的作品，是他在装修新房子的空隙写就的。但是这两个作品没有一点装修的味道，静南就是这样的一个写作者，他可以上午挑瓷砖下午写小说。他甚至可以写下一个句子，停下来，接听装修师傅打来的电话，再接着写后面的句子。在自我控制方面，杨静南是我认识的朋友中最为出色的。这一点在他的小说里，同样体现得非常突出。节制和冷峻，清疏和孤高，作家个人洁净的气味在字里行间悄然跃现。和散文不同，能让自己的小说散发出作家本人的特殊气味，我的视野里，中国当代作家中并不多见。

气味不同特色，特色打造得出来，气味只归属于有才华的作家。有的作家，多数作家，他们只有讲故事的本领，并无写小说的才华。讲故事是一种本领，他们之间的区别是谁的故事更动人、更精彩、更好看，揭示的道理更深刻，挖掘的人性更让人震撼。但才华不是本领，才华是与生俱来的禀赋。有才华的作家，他们的志向不止于讲述故事，他们终生努力的是，如何全面地、智慧地、艰难地、别出心裁地表现他们的才华。他们之间的不同，无法用烂熟的概念加以归纳，打个简单的比方，他们的不同就是卡尔维诺和卡夫卡的不同，卡佛和马尔克斯的不同，是这一座山峰与其他山峰的不同。

从静南发送电子邮件的顺序看，他自己可能更看好《朝圣》。我理解这个小说的难度，把一个地方特殊的民俗、信仰导入小说，做到自然、熨帖、从容，可不是一件容易的事。静南做到了，我既惊喜又佩服。当然，也有不满意的地方，这个小说宗教之外的现实部分，让我找到了挑剔的理由。

我更喜欢《园丁》，这是静南小说的上乘之作。这篇作品甚至不需要我多置一词，这是一匹完美的绸缎，自然，绵密，精美，暗花隐现，不露针脚，宛如天成。这是杨静南内心的显灵时刻，那一刻落日收尽余晖，黑夜如约而至，群山发出了一声叹息。

# 小兄弟

去年夏天，青年诗人张紫宸死了。我现在忘了他到底是哪一天死的。这几年，我的记性大不如前，以前外地的作家、诗人问我，杨雪帆的电话号码是多少，杨金远的电话号码是多少，我都能一口气报出来。我现在忘了有没有人向我打听过张紫宸的联系号码，似乎没有，张紫宸是小字辈，他的诗写得好，但不为外人知，不会有人向我问起他。

我和张紫宸虽都在莆田，但疏于联系，如果朋友们要一起喝茶，张紫宸那边总是由杨雪帆召集。他们俩是同乡，南日岛人，一个在岛的西南角，一个在东北角，成对角线距离。杨雪帆是张紫宸的诗歌老师，张紫宸是杨雪帆的写作小兄弟。据说二十年前，热爱诗歌的少年张紫宸骑单车去岛屿斜对角的浮叶村拜访诗人杨雪帆，要花去一个钟头的时间。

南日岛很远，这从它的名字"南日"就可以看出。当年，岛外的朋友若要到岛上寻访杨雪帆，需耗费不少精力：从莆田城关到海边码头，在码头等待一天一趟的渡轮，上了岸，坐柴三机去村里，从早上要走到天黑。当年老诗人蔡其矫去南日岛看望年轻的杨雪帆，就这么折腾过。

杨雪帆是我二十年的朋友，因为他，我和南日岛有过一段神秘的联系，但一直到前年，我才第一次登上这座神奇的诗歌之岛。坐在柴三机上，杨雪帆一路指给我看，那条路通往张紫宸和张旗的村庄，那边拐角是杨静南家的老房子……黄昏，我在沙滩上写了一些句子，"黎晗在雪帆的太平洋岸边"，"黎晗遇见了少年张旗、杨静南和张紫宸"……涨潮了，南太平洋的浪花轻轻地把这些字迹冲掉了……

杨雪帆是我的兄弟，张紫宸他们自然就是我的小兄弟。小兄弟中张紫宸年龄最小，自然也最乖巧。他师范毕业以后回到南日岛当小学教师，我们这里以前师范类学生的分配政策就是"哪里来的回哪里去"。张紫宸回南日岛的时候，杨雪帆、杨静南、张旗已相继离岛上岸，在陆地谋到了职业。张紫宸一个人在海边很孤独，就参加了县里的公务员考试，笔试考了第二名。杨雪帆带他来找我，我们把过去几年的面试题目做了一番分析，欣喜地发现了考试的一条规律，或者说是一个破绽。过几天，张紫宸面试考了第一。

张紫宸离开海岛,进了城,安了家。公务员张紫宸保持了写作的爱好。几年之后,这个小兄弟诗艺精进,但是和他在南日岛时一样,依旧寂寂无名。张紫宸从此不再乖巧,诗歌让他变得既愁肠百结又怒气冲冲。他可能有些误会,他以为他所处的时代还是当年杨雪帆从遥远的岛屿被陆地发现的时代。我曾经和他在网络上就这个问题有过几次激辩,我费尽口舌,他慷慨陈词,我们接近翻脸,最终谁都没能说服谁。

去年夏天的一个深夜,青年诗人张紫宸在莆田一条阴郁的街上遇难,三十三岁,死了。

我的小兄弟张紫宸死了,我没有参加他的追悼会。诗友们为他整理遗作,筹款出版,我没有捐一分钱。听到他被火化之后,我在手机里翻找他的号码,找来找去没找到。我这才想起,原来我从来不曾保存过。

我依稀记得,张紫宸写过一首诗,标题好像叫《绝唱》。我心头一震,去网上搜寻,一下就搜到了:"明月初升,一线薪火通往山顶,人世早已消失我的影踪,弦歌恰似绝唱,宏誓犹如轻响。"我的眼泪不可抑制地涌了出来。

张紫宸死了,人世再无他的影踪。张紫宸死之前,我喜欢叫年轻的朋友"小兄弟"。他死之后,我都是直呼他们的名字。

张紫宸带走了一个我喜欢的词语。其余的,他都留下了。

# 繁花与野草的智慧

非常乐意为读者推荐来自涵江的两位青年作家和他们的散文新作。在涵江，黄义福和张国太，虽不能说是与我朝夕相处，但平日里，他们或趁下班前的有限余暇，或就夜晚逛荡新涵大街的顺路之便，没少跑到我的办公室和家里，蹭我的茶喝，吸我的"二手烟"，与我一道瞎扯那些无关官场和风月的散淡话题。这使我有幸近距离地观察到了盘绕在他们内心深处的一些暗流、与这个地方浓郁的小商品氛围极不相称的精神气度，以及正在发生的让人惊讶的文字突变进程。

他们和我一样，都是这座新开盘房价已近四千元的小城的外来者，都是兴化平原上农民的儿子，为了能在新涵大街一带谋得一处躲避风雨的居所，至今每个月都要被银行按在地上揭去一层皮（俗称"按揭"）。另外，我们三个人都有一辆风里来雨里去、里程表已累积到几万公里的摩托车，从中不难判断，平日里我们是多么疲于奔命。

那些"公里数"中的多数,记录了涵江和他们各自老家间的无数次去来。老家和乡村原来是他们作为儿子履行孝道的责任方向,然而在一次又一次的返乡之旅中,乡村小道旁的风景、农事深处的细节、农业的沧桑以及童年的记忆、成年的反顾,悄悄消减了他们在城市中的焦虑,让他们原本匆忙的脚步慢了下来,也让他们蒙尘的双眼变得清亮了起来。那些田野村舍,那些繁花野草,曾经是他们年轻时极力要逃离要摆脱的物象,现在却成了他们慰藉内心伤痛的灵药和寄托人生诗意、表达生命感悟、安放精神舵盘的象征之体。由于这样的逆转,在从城市向故乡的回眸凝望中,他们原本平淡无奇的散文练习,终于演变、上升为真正有价值的写作。从这个意义上说,曾经的乡村出生地,已经成为他们的文学出发地,记忆中贫瘠的故乡,成为他们取之不尽用之不竭的灵感之源。

多么神奇啊,这就是文学的魔力。准确的方向,有情的托付,积极的尝试,让他们从平凡者变成了身怀绝技的魔术师。

黄义福十年前的散文习作,简单,朴素,虽然有才华之光附着其上,但还是过于零散。多年停笔之后,他顿悟一般写出了整齐老到的《农民的智慧》。这个万字散文系列,记录了农业黄金时代的动人片段,细致而温暖,扎实而新颖,心事有了着落，轻风都愿意停下来倾听。我喜欢黄义福对农耕文明充满耐心的描绘、归纳和提炼，其敏锐的洞察力显然与之前的新闻从业经历有关，但他成功地摆脱了新闻文体的呆板和无趣。他的叙述从容而绵密，但是一点都不啰嗦。入笔的自由和收笔的果断，是黄义福的过人之处，这一点尤其让人过目难忘。

张国太是一位躲藏在小角落用功的秘密写作者。谁都不知道是什么力量，让他从原本老实、乖顺的叙述泥床中一跃而起。他保持了叙事的有板有眼，但暗中埋伏了想象的动机和情节的动力，在二十多篇有关乡村的散文新作中，做到了选材的不重复和叙述的多角度。我尤其欣赏张国太对神秘体验的迷恋，其中对儿童视角的合理使用，让我对他下一步可能的小说尝试有了期待。

你一定要关注这两位青年作家，黄义福和张国太，他们来自小城涵江，他们的散文写作已经站在了福建的前列，代表了莆田新生代作家最扎实和最新鲜的力量。

# 水面倒映着青春的影子
——施国龙通讯散文集《水乡听潮》序

前天下午，施国龙来我办公室喝茶，闲聊半天后，提出要我为他即将出版的通讯散文集《水乡听潮》作序。我听了坚决请辞，理由有：一，我不懂新闻，至今连通讯、访谈、侧记这几个交叉的概念都分不清。我是在主持一家小报，但我们的报纸一直以来都不太合群，因为不愿意把那些概念搞清楚，没少在各类评奖中吃亏。现在要一个外行为内行作序，显然不妥。二，我一直认为，为人作序者，都是名家宿儒、位高权重者，再不济，也要活得老一点。而我既无话语权，白头发也没长几根，国龙作此邀约，着实让我为难。三，天寒地冻，年关将至，我只想着如何猫冬睡懒觉，《水乡听潮》十几二十万字，光是翻一遍，也要让人几个晚上不得安宁。何况这几年，随着涵江广电新闻中心"垂直管理"，我对国龙和他的同事们从事的工作已知之甚少。国龙想的，做的，经历的，他的悲喜苦乐，我一点都不了解，勉力为之，确有"隔屋揣橡"之嫌。

我极力推辞。国龙极力请求。我答应了。在彼此努力说服对方的几分钟里，我突然想起了七八年前他和许海生几个造访我家的情景，我的心底有了难言的苦涩和感慨。七八年前，我记不起具体的年份，涵江广播电视新闻中心成立，融电视、广播、文字报道为一体，向全市广发英雄帖招贤纳才。我记得是夏天，施国龙、许海生等几位刚刚从省委党校修得本科文凭，纷纷提前潜入涵江刺探虚实。他们以为我是"内部"的人，能够从我那里获得某些"绝密信息"，用于准备他们即将参加的记者招聘考试。其时我虽在宣传部门任职，看起来有点"内部"，其实什么有用的信息都没有。我不记得自己当时跟国龙他们胡诌了些什么，可能更多的还是文学那无用的伎俩和徒增他们烦恼的情绪。那场考试经历了三关，最后从五十六人中选了七人，施国龙那批党校同班同学占了三席。实在了不起，我暗暗为他们喝彩。我甚至有些后怕，如果不是捷足先登，连我也可能被那批人打得落花流水。人生际遇往往如此，所谓位阶名分，不过是各自幸运指数多寡罢了。

最初的关于施国龙的印象，现在几乎想不起来。倒是非常清晰地记得，当时他给我看了一些个人资料。党校毕业之前，他已经在校报发表过理论文章，散文习作也好几次登上了《福建日报》副刊《武夷山下》,这足以证明当时他已是那些报考者中的佼佼者。

考试公平,题目设置科学,施国龙没有被埋没,他多年试图改变个人命运的愿望,终于在那个夏天实现了。描述这一段陈年旧事,我的文字似乎有了一些亮色。是的,我为他,为他们的这种改变而由衷高兴。和他们一样,我也有过相似的乡村生活经历,其中的压抑、憋屈、不甘和沉痛,非亲历者不能体会。从《水乡听潮》所附的作者简历中我们可以看到,自回到海岛担任小学教师的那一天起,施国龙就从未死心过。他一直都在通过命运留给他的一点点缝隙,向外拼命撑开自己生长的触须。一年年,一点点,终于摆脱了原来的困境,跃入了起码从外表看来远比过去惬意的崭新空间。过往所遭受的种种不公、欺辱、打击,恐怕在日后,也会让他午夜梦回唏嘘不已。我清晰地记得许海生跟我说过,当年为了获得参加省委党校入学考试的报名机会,他饱受了我们难以想象的屈辱和磨难。好在我们的城市有着旺盛的生长欲望,各级机构、各种单位日新月异次第更新,为广大乡村文学爱好者提供了施展才华的机会。"改行",曾经是一个让青年作者们热血沸腾的词语,何况他们最后是把工作和爱好紧紧地连接在了一起。

施国龙来了涵江,但他很快就淡出了我的视野。基层新闻通讯工作的艰辛，妻小尾随而来的生活压力，我自己刻意为之的隐身术，让我和他平日里的交往渐渐稀少。但是经常不提防地，他会从哪个旮旯钻出来，跑来告诉我，他又在哪里哪里发了散文杂文；他的孩子在涵江入了学，已经上高中了；他在新涵大街国欢桥头那边买了房子，虽然欠了一屁股债，但庆幸及时出手，要不然现在房价这么高，一家人恐怕要流落街头；如此等等。每次匆匆一见，总能听到他与生活厮杀屡获小胜的欣喜。让我倍感温暖的是，好几次，我下班回家经过新区邮局，不是他就是林双喜，好像等在那边似的，手里举着墨香扑鼻的《收获》或《十月》，兴高采烈地说着，我又来买文学杂志了，这期不错！

基层新闻采写工作是个苦差事，我多次瞥见施国龙拎个小摄像机，站在公交车站候车，神情多少有些仓皇，甚至还有些落魄。让我印象特别深刻的是，每次看见施国龙，他都穿得特别少。我问他，穿这么少，冷不？他总是潇洒地说，不冷不冷。我这才想起，他从湄洲岛来，城里的这点风，于他真的微不足道，连他身上的汗水都吹不干。

而显然，这些年，施国龙没少为这座城市流过汗，这本通讯散文集的头三部分，正是他进城加入记者这个行当的工作记录。其中"三江弄潮"关乎事，"民生写意"描摹人，"世象洞察"扫描社会。人世有浮沉，河光照影子，读者中与那些人事有关联的，自会从中捡拾起记忆的碎片。而我们，有事无事拿来翻翻，或能从中洞察城与乡习焉不察的种种变迁。

书的后两节，国龙留给了自己。"观海拾贝"表达了文化人的热忱，有担当，有忧思，有情绪的低徊，也有不平的激愤。"湄屿情思"最为柔软，碧波皓月，乡情依依，其中以家、母亲、怀旧为题材的几篇最为动人。《母亲的番薯煎饼》让人伤感："参加工作后，我也追求过现代浪漫：豪华舞厅、咖啡馆、麦当劳、周末沙龙或是沙滩野营。现代化的口味，伴随了我好几年。在不久前的一次聚餐中，有一道'农家精品'特色菜——地瓜煎饼，做工考究，色泽艳丽，清香袭人，而我的筷子竟然夹不起它来……母亲的影子竟飘然而至。"如此真情涌动的细节，是这本书中最宝贵的片段。如果国龙有闲暇有心意，希望以后能在这方面多用功，他的经历本不寻常，落实到文字上，应该会有磊落不凡之突出表现。

国龙说，他的书接近发排，希望能将之当作拜年礼物献给朋友和家人。我呼应了他的诚意，两天内赶写出了这些文字。我写得有些匆急，难以抑制内心积蓄多年的某种情绪。毕竟我和他同龄，也有过不同寻常的蹉跎往事。如果国龙不嫌弃，就拿去用吧。我不计较他把这篇文字印在书的前面还是后面，只要他愿意，就让我们为彼此的青春见证吧。

# 三个80后，两个90后

两个月前，《福建日报》副刊部资深编辑楚楚跟我商讨，在她责编的《武夷山下》策划一个"莆田文学新生一代"的专版，由我组稿，重点推出。我满口答应下来，心想：是时候了，应该给莆田年轻作者做一次小结和推广了。

这个专版后来因故没有实现，但是楚楚给了特别关爱，这些稿子在2019年最后一个月陆续发表了。三个80后、两个90后，三篇精短散文、四首诗，稍稍有点遗憾，容量太小了，如果再给两个版，我可以再挑十来位作者，包括两三位00后。虽然只有诗歌和散文，然而借此还是清晰可见莆田文学未来的一些轮廓和气质。假以时日，我是说，如果这十几二十位四十岁以下的新生代作者，他们能够坚持写下来，未来莆田的本土文学创作应该会有一树好花盛开。

这里的五位作者首先被选中，是因为他们可能在这群年轻人中表现得更为成熟一些。当然,更大的原因是,他们的作品更符合我个人的审美趣味。陈言年少而有诗名,大学刚刚毕业即有个人诗集出版,并有作品在重要诗歌刊物发表,入选重要诗歌选本。我不是很了解诗歌界的情况,但我知道,陈言转型小说写作后,起点很高,出手不凡,随着两个重要短篇小说《静瑜》《贵客》在《上海文学》发表和一本小说集即将由上海文艺出版社出版,他直接推高了外界对莆田新生代写作的期待。我不是对这位年轻的同事刮目相看,而是一直以来都对他另眼相待:在我心里,陈言不仅是我的工作伙伴,更是我小说写作的同伴。略有不同的是,他可能往东,我可能往东南,我们都是小说创作路上的苦行旅友。

简陈兴是一位外科医生,一位年轻诗人不断强调这样的身份,一定有着自我独特的职业体验。诗歌和外科手术到底有着怎样的神秘联系?我不懂诗歌,但我读懂了他诗行中的疼痛。那天我问陈言,你最看重莆田80后哪位诗人的作品?陈言说,简陈兴。我说,好,那就选他。我相信陈言的眼光,文学就是这样,"相信"更多时候没有理由,它就是一种直觉。也许就是医生职业的一种直觉,让简陈兴相信,手术台和医院走廊上的洞察,也能获得一种与众不同的诗歌灵感。

我很高兴三位年轻作者在散文写作上做了不同的探索,提供了精彩的样本。杜衡有着扎实的古典功底，文字讲究，叙事雅致，小而美的《散人吴》等篇之后，她的散文写作有了从自发向自觉转变的省悟，《福建文学》近期将推出的万字散文《柳园》，喻示着杜衡已经摆脱了当下乡土散文的拘泥和狭隘。《柳园》既有"采采流水，蓬蓬远春"的山野清气，亦不乏"碧桃满树，风日水滨"的人间温情，难得的是有了"脱然畦封，方雅超逸"的新意。这次选刊的《小雪窈窈》，虽是短作，却颇见文章功力，活泼泼有跳脱之气。

张晨熹擅长小说写作，莆田学院就学期间，即以小说作品两获云里风文学奖新人奖。去年云里风·森昌文学奖评奖，张晨熹的中篇小说《葵花，葵花》荣获小说组第二名，文学奖小说评委、《福建文学》副主编石华鹏先生颇为欣赏，将此作以最快速度在《福建文学》推出。《葵花，葵花》的发表和获奖，意味着张晨熹完成了其小说写作的成年礼。莆田本土文学写作，在上一代作家手里，即已呈现出一种与外界殊为不同的特点，那就是大多数作家拥有小说、诗歌、散文、评论等多种文体皆擅的才具，这一点在新生代作家如陈言、杜衡、张晨熹等笔下亦有充分体现，如杜衡除散文之外，亦擅小说写作，其小说处女作《跳房子》获得二十四届云里风·森昌文学奖首奖，并在《福建文学》发表。张晨熹除小说之外，亦涉散文，《河边的端午》选自她的散文系列《我家住在大河边》,文风扎实,摹写细腻,水汽氤氲的独特风俗让人印象深刻。

在小地方写作,首先要摆脱的是小地方的趣味。实际上,为了克服小地方的浅薄和自恋,上一代作家们已经完成了出色的突破,也收获了至今为外界津津乐道的诸多佳作。不要再走回头路,不要受困于小地方的窠臼,这是我屡屡对年轻作者提出的警告。但是我实在不能拒绝陈建雄的"土味",我从来没有看到一位这么年轻的作者,如此痴情于吾乡吾土,建筑、民俗、方言、典故、戏曲,以及心心念念的家乡湄洲,陈建雄对这些土里土气元素的偏好和熟稔,每每让我惊讶。我甚至担心,过于热衷地方文史的那些鸡零狗碎,最终会磨损掉文学的热情和敏锐。直到他写出《漂岛》《一些海岛的食物》《夜捕》等一系列兴味盎然的海岛生活随笔,我才暗暗点头,嗯,对路,妥了。虽然他关注了那些微小的物事,但那并不是小地方的趣味,而是散文的趣味,陈建雄自己的趣味。——你不觉得《西畴田事》里那个有些絮叨的少年殊为可爱吗?

新的一代莆田作家正在成长,他们需要被看到,被肯定,被相信。我已经忘了上一次集中推介莆田作家是哪年的事了,但我清晰地记得,当年,我就是被看到、被肯定、被相信的那群青年中的一个。很荣幸为莆田新生代作家写下这些推荐文字,希望下一次担任鉴证师的机会很快就能到来。那时,我愿意拿出同样的热情,为另一批青年发布一份新的文学报告。

# 就像轻轻吹拂的微风
——怀念郭风先生

元月三日，从2009年一直下到2010年的冬雨突然停了，天气悄然转暖，空中不见阴霾，退却的云层为他让开了一条天蓝色的路。

他九十二，我四十一，他是我的祖父辈。若依家乡送葬旧俗，倘若我能为他提火笼引路，是我一生的荣幸。

提火笼引路，是长孙才拥有的资格。即便是一种文学的比喻，我也未敢忝幸。实际上，二十年前我刚刚出道的时候，郭风已经是文坛德高望重的前辈。我可以凑在章武、章汉、杨健民、林丹娅等老乡名家身边，为他们牵纸研墨，听他们讲述文坛掌故；我甚至可以陪作家市长吴建华在月色中散步聊天，去到省文联老主席许怀中家中饮茶做客；唯独不曾靠近郭老半步，当面聆听他的教诲。郭老的女婿陈创业是我的师长，当年创业兄在福建师大中文系攻读硕士，我时常出入其间，俨然已是那批踌躇满志的研究生大哥们的小弟。而我明知郭老是创业兄的岳父，却不曾萌发由他引见前往拜访的念头。莫非郭老与我一直就缺乏一种赏识与被赏识的机缘？

不是的，是他从出现在我眼前，就是一位老人。他比我的祖父还老，满头鹤发，神情淡然，五官清癯，语调柔软，普通话里带有明显的莆田腔，干净的手背上布满星星点点的老人斑。二十年前，我不像今天这样放松自如，我的内心无时不燃烧着一股无名的烈焰。可即使再怎样狂傲不羁，我也不敢随意接近郭老，侵扰他静穆慈祥的祖父之心。是的，就是这样，从一开始，郭老就在远处，而我对他充满了敬畏。我就像一个调皮的孩子，在门口屋外嬉闹着，偶尔回眸，瞥见他正蔼然坐在厅堂上，微眯着眼，慈祥望来……

初涉文坛，不时听到人们提到郭风的"好"，说他简单，干净，宽厚，慈爱。如今已进入二十一世纪二十年代，虽然文学还在，文坛还在，文人还在，此时再谈郭风的"好"，就像前朝逸事文坛掌故，就像很多人心里的一种祈愿。时代不一样了，我们现在到哪里去找郭风式的简单、干净、宽厚、慈爱！

真是一个奇迹呀，这个把名字起为"风"的作家，他所经历的百年，何其怪诞，何其繁复，何其沉重，何其喧嚣，为何他却可以活得那么简单干净？

不知从什么时候开始，叛逆而轻狂的我，慢慢也喜欢上了郭风式的恬淡温煦；不知从什么时候开始，经由1980年代狂飙冲刷的我，渐渐也迷恋上了脚下这块看似贫瘠的土地；不知从什么时候开始，一心向外的我，也返身走上了这条他一直走着的路：乡土的温暖、文人的淡定、传统的清雅和小地方、小角落的安之若素。

这是一种气韵的召唤，还是一块土地的显灵？风一直在吹，一会儿向东，一会儿向西，一会儿难辨东西。风过处，四下安静，云水凝滞。这时候，再想郭风散文的冲淡、柔美、简洁、静谧，他的"好"就像一滴两滴的墨，慢慢把一张纸洇成了一幅画：是小品，淡淡的。有人说是山水，有人说是心事。还有人说，这就是一个人的一生。

伟大，原来从一开始就不是自我宣示，更不是王者恩赐；不是大声唱和，也不是故作高深。伟大，就是从一开始的简单变成永远的简单，从一开始的干净变成永远的干净。伟大，就是慢慢地变得伟大。

郭老去世之前几天，章武老师与我通过一个电话——近些年，自从江口划归涵江，尤其是章武老师膝盖患病之后，我一直保持着一两个月打一个电话向他问安的习惯——电话里，章武老师特别对我说，"郭老这几天情况不好，你们要留心一下。"放下电话，我心里有些疑惑，我在涵江这么个小地方，并非市里文艺系统的主事者，章武老师要我"留心"什么？直到郭老去世，《海峡都市报》文艺编辑宋晖打来电话，要我在一个小时之内赶出一篇纪念郭老的短文，我这才想起，郭老是我们莆田当代文学的"开山鼻祖"啊！无论在家乡本土，还是八闽大地，无论是官方的志书，还是民间的笔记，只要有人提及莆田作家群，提起莆田当代写作，每一篇文字的第一章、第一节、第一段、第一句、第一个人名，一定是郭风。是呀，章武老师是代表一个家族的长者在提醒大家：咱家的族长郭老"情况不好"，我们心中应该时刻保持着一种牵挂。郭老辞世，是一件关乎莆田每个写作者的最大的家事呀。

可是，我们又能为他做些什么呢？我们应该用什么方式来缅怀我们的族长，传承他的衣钵，续写他的族谱？

我无法代替别人发言。我只想说，他的名字叫"风"，他的一生漫长而简单，就像轻轻吹拂的微风。因其一生为人为文的积淀，"郭风"这个简单的笔名，将成为中国当代文学最干净最温暖的一个比喻。就像我们习惯用玫瑰来比喻爱情，用河流来比喻友情，用苍穹来比喻胸怀，将来，我们将习惯用"郭风"来比喻纯净的文学之心、赤诚的土地之情、高洁的生命境界和完美的人的一生。

# 现实主义常胜
## ——杨金远小记

对于小说家杨金远来说,即将谢幕的2007年,恰恰可能是他文学生涯又一次华美乐章的序曲。由短篇小说《官司》改编的冯小刚贺岁电影《集结号》12月20日全球盛大公映,携此人气,杨金远中短篇小说集《集结号》、长篇小说《突围》由湖南文艺出版社和群言出版社同步出版。

没有人知道这一刻作家杨金远内心的真实感受。光荣和声誉似乎来得太迟了,这位二十年前就以小说《大杂院》被央视改编播映而扬名的作家,在嘹亮的"声名集结号"中,因为工作上的不顺心,朋友间的误会和伤害,更因为一颗刚刚动过手术的心脏,正一个人孤独地隐居着。无论是怀揣恶意的诋毁、污蔑,暗含嫉妒的不以为然,还是真诚的道贺、关切,乃至多少人热望的出版秀、名利场,都被这个身材高大、内心脆弱,外表憨厚、性格执拗,貌似随意、其实敏感的作家关在了他养病的门外。

作家之不同于常人，除了超拔的天赋，更在于那颗非凡之心。杨金远是这一类人的典型代表。他的心中有很多自制的"矛"，还有更多自设的"盾"。这个东海舰队返乡的退伍兵，从他踏上家乡莆田的那天起，每一刻都在经历着自己制造的人生冲突。从国营工厂临时工、报社校对员，到成为当地一家报纸的总编，从主动离开权力机关，到重新返回主流社会，从承包小报经营权，劲吹媒体改革风，到毅然请辞总编职务，这个土生土长的莆田农民儿子，一刻也不停歇地折腾着，转变着，起伏着，由此他的人生方向也不断地被调整着。如果以世俗的地位、金钱观来衡量，五十一岁的他，其实并不辉煌，也不快乐，甚至有着许多的沮丧、失落、后悔和沉痛。

好在他是作家，而且如此出类拔萃。一个高中毕业生，没有任何军衔的退伍兵，一个兴化平原普通木匠的儿子，土生土长于中国文化地理上没有标识的小地方，仅仅凭借一篇一万两千字的短篇小说，竟引来了著名电影导演上亿元的投资和遍布全球的喝彩。这样的神奇，放在全中国，也是罕见。这一幕，当是莆田文化精彩绝伦的片段和奇妙动人的机缘。由于这一幕，作家杨金远曾经的人生彷徨、低潮低落、挫败失意，都变成了一种传奇。这是艺术家人生的奇怪修辞：无论经历过怎样的创伤，他的文学业绩都将为其加冕。哪怕是不幸，也将成为旁人、后人为他寻找艺术注释、添加奇异魅力的有效素材。

而这一切又恰恰都是他的自作自受。前进与撤退，出尘与入世，转身离去与从头再来，都归属于外人看来"瞎折腾"的自我选择。莆田文艺界，我目之所及，没有人比他更任性，更我行我素。小地方人们的集体性格，多为植物性，在哪扎根，就在哪饮食雨露，无论脚下土地如何贫瘠，顶多是把茎须多伸长一些。而杨金远是动物性的，他可能是和平年代，莆田成功的作家艺术家中，经历最为丰富的：放牛郎，军人，待业退伍兵，临时工，校对员，干事，科长，老板，总编，处级干部。

有意思的是，每一段经历几乎都为他的创作留下了沉甸甸的积累。从二十多年前偶然冲动诞生的处女作《海和尚》开始，这个不相信文学写作原理，不理睬评论家霸权式教导，不在乎发表刊物大小的作家，玩票一样，写出了一百多万字的小说作品。这些小说，背景复杂，表情丰富，乡土、军旅、机关、社会，每一种经历都为他带来了丰厚的回报。无论是市井中的《大杂院》，还是机关里的《清水衙门》，乡村旮旯的《乡野情事》《乡戏皇帝葛怀义》，抑或驳杂社会里荒诞不经的《县长少年职业班招生》，以及战争硝烟过后的《官司》，杨金远视野之广，选材之独，让人不得不怀疑他内心藏有一个秘密的富矿：要金有金，要银有银，要稀有金属也有稀有金属。

更有意思的是，他的态度多少显得漫不经心，在二十多年的写作生涯中，杨金远从来没有连续专心写作超过三年。他时断时续，消消停停，时而井喷式地涌出几十万字，时而又忘记了自己的作家身份。这固然与他的"瞎折腾"有关，却也透露出这个作家身上潜藏的巨大能量。他是最不像作家的作家，甚至连普通话都说得磕磕碰碰。他的嘴里从未吐露一个经典大师的名字，甚至还敢夸耀自己几乎不读书。如果你是一个爱掉书袋的书呆子，不小心还会成为他嘲笑的对象。然而即便是到了心脏要接受一个大手术前，在北京安贞医院的病房里，这个疯狂的人，还能手写出一万七千字的小说《我要带你去一个美丽的地方》。

这个人的特殊性不言而喻。他像个农民，农民靠天吃饭，他靠灵感写作，农民在土里刨食，他的文学素材在生活的厚土里。他有着农民式的憨厚，比如和莆田老辈子作家们一样，几乎不会写爱情；也有着农民式的狡猾，擅长于从生活的小细节中寻找艺术的突破口。他从不以未上过大学读过中文系为憾，不喜欢知识分子情趣，却时时像知识分子一样思考人的沉重命题：他的小说打量人心，探讨人性，揭露荒诞，表达忧患，洋溢着浓郁的人文主义温情。

现实主义常胜,杨金远又是一个成功案例。

# 想起诗人施清泉

诗人施清泉去世很久了,最近时不时地会突然想起他。

清泉是哪一天去世的,我当时未知,事后未敢打听。清泉患病手术、病情复发、去世治丧的漫长而艰难的时段,我是缺席的。清泉去世数日之后,从一位老友处偶然得知噩耗,我当时心里颇为震惊,有过短暂的痛心和愧疚。我震惊,因为在我印象里,清泉一直是健康而强壮的;我痛心,因为他一生清苦,好的日子眼看就要到来了,却抛妻舍子、英年早逝;我愧疚,因为事先对他的病况一无所知,事后更无弥补的机会……然而,这些当时颇为强烈的感受是短暂的,我很快就忘记了清泉的离世,生活中这样那样的难题让我应付不暇。我后来也原谅了自己,我甚至想,若是日后有人问起在清泉离世前,我那没有任何表现的表现,我是可以解释的,因为毕竟,在那个时期,我正处于自己人生的灰暗阶段:那两三年里,我家中诸老陆续罹病离世，刚过不惑之年的我，已经麻木于死亡带来的悲伤，也慢慢习惯了独自踽踽街头的种种苦涩……

清泉去世很久了，今日再次想起他的音容笑貌，想起他作为诗人的一生，想起与他相伴的青春年月，我不得不检讨自己，在那段于他艰难、于我阴郁的日子里，我是自私、冷漠和懦弱的。我曾经设想过，兴许会有人来责备我的缺席，我甚至渴盼这种责备。然而让人遗憾的是，这个人一直没有出现……清泉去世了，朋友们在一起的时候从未谈论起他。我们都把他忘了，时间似乎掩埋了一切，我们都已经变得世故。

然而不知为何，最近老是想起他，我曾经的老师、老哥、老友，诗人施清泉先生。清泉先生是我的同乡，西天尾镇碗洋村人，他所在的村庄几百年前有座古瓷窑，整个村庄至今四处散落着细碎的老瓷片。记得有一次，清泉跟我说过，他年轻时候在田里园上干农活，没少被那些瓷片扎破过脚。后来清泉通过高考摆脱了那些可怕的农活，我认识他的时候，他已经是莆田著名的重点中学莆田四中的语文老师了，同时，他也是莆田第一位为外界肯定的新诗诗人。我不知道清泉当年是从哪里获得灵感而拿起笔来写诗的，我只记得，认识他的时候，他已经在当时著名的《星星诗刊》《绿洲》《诗歌报》等处发表了代表诗作。在文学尤其是诗歌热遍大江南北的 1980—1990 年代，

"莆田有个施清泉"的赞誉响彻八闽内外。1989年，我从一个师专毕业，分配在家乡西天尾的一所初级中学任教。我当时有一股天不怕地不怕的蛮劲，虽然已经在乡下偷偷写了些小说、散文和诗歌，但一直未被外界肯定，然而这并不影响我时不时地突然跑到四中找清泉老师谈诗论文。清泉老师当时分得学校角落的一个单身宿舍，他的爱人和刚刚出生的孩子和他挤在那么小的空间里。我难以想象，在那么小那么闹的空间里，那些清越的诗句，是如何从清泉老师的笔端流淌出来的。当时的四中，升学率不低，对老师的要求应该是苛严的。而且他的爱人在鞋厂上班，早出晚归的，清泉老师在应对学校管理之外，也要照顾全家的饮食起居。然而为了陪我聊诗歌、聊文学，他常常都是若无其事地熬到最后一刻，才抱着课本、粉笔盒冲向教室。只有一次，他说他必须准备晚饭了，我就陪他一起去楼下水井打水。第一桶水打起来时，他的诗兴突然大发，站在井边跟我谈起了诗歌写作与打水的关系。"我们要像一口井，能从这里不断打出好句子来，永远也打不完！"我到现在还能记起清泉老师手舞足蹈的样子，这是我唯一一次见到他激情勃发。其他时候，清泉留给朋友们的印象，永远是内敛的、温厚的、低调的、与世无争的。他把所有的、不多的、罕见的激情，都留给了他心爱的诗歌，有心人总是能从他著名的代表作《毛泽东踏雪》里读出一个真男儿的大气和豪迈。

那是一个多么美好的时代呀，我莽撞却幸运，在诗人施清泉最清苦的人生阶段与他相识相遇，以文学貌似合理其实无礼的借口，获得了一段超越了辈分的友情。此间诗人施清泉的优雅、宽容、仁厚，不知给过我那苍白的青春多少温暖和慰藉。

这也是我所经历和感恩的莆田文学界最美好的时期，当时老中青三代作家状态皆佳，老人仁爱，中年人宽厚，青年可爱。那两三年里，时代缓慢，机会不多，每个人都不着急，都有着一副怡然自得的闲散风度……后来，时代加速了，我们都忙起来了，老人依然仁爱，中年人依然宽厚，青年依然可爱，然而我们都看不见、看不清彼此的仁爱、宽厚和可爱了。清泉离开逼仄的学校，去往一家媒体，我来了这座喧闹的小城。我们所做之事，都卑微无趣，然事关生计，不得不为。彼此又都是求全性格，因之也都耗散了太多精力，我们因为疏远了文学而渐渐疏远了……

有一天，清泉忽然给我来了电话。他问起了我的写作，我不敢正面回答，着急地表达着对生活的所谓新态度。清泉在电话里叹息、嗫嚅、欲言又止，最后仿佛是鼓着勇气说，"我们都要努力呀，不能就这样好好的却放弃了！"

我们当然都在努力，只是不在文学上了。我努力，他也努力。他大我近二十岁，他所需放弃写作去努力的，一点都不比我轻松。后来我侧面听说，为了买房，他甚至参与承包了报社的广告。我真是难以想象，以清泉那样内敛、低调、与世无争的性格，他如何完得成"拉广告"那样可怕的事情……好在最艰难的几年熬过去了，我又侧面听说，清泉有了新房子，孩子上了大学，爱人也进城上班了。我们努力了，我们也都有所得了，渐渐地，我们又回到了写作。我读到了清泉新写的诗歌，散文和小说也在他的尝试之中。在一些官方举办的会议上，不时还能遇见他，依然喜欢坐在后排，依然不怎么爱讲话。但是有人点他的名，他就讲，声音洪亮，条理清晰，不展开，没废话，很干练的样子。最常见到他是在市作家协会常务理事会上，他是作协的副秘书长，那几年莆田文学热情突然又高涨，申请入会的作者特别多。开会研究吸纳新会员时，申请表在清泉手上，由他集中介绍情况，之后大家举手表决。每当有人对某位新人持怀疑态度时，清泉总是没来由的有些激动，最后总是说，"我看还是让他进吧，爱好写作不容易……"

　　这些是近十来年里，清泉给我的不多的记忆碎片。更多的忽快忽慢的时光里，我和清泉的生活并无太多交集。我知道他的日子比过去好过了，也仍然坚持写作，但我从未去过他的新居，他写下的新的诗文，我也未曾静心阅读。时至今日，当我突然想起他时,才惊愕地发现,一直到离世,他都未曾出版过一册个人文集!他可是一辈子都在写呀,他可是写了一辈子的诗人呀!

  我无言了。面对电脑屏幕上这些涣漫甚而轻薄的文字,我脑中一片空茫。停笔之前,我告诉自己,这不是一篇好的文字,这样的方式不是对诗人施清泉最好的怀念。而且,一直到很多年以后,我可能仍然找不到纪念他的最好方式。

# 硬汉的文事
——张勇健小记

张勇健要我给他写篇小文章，作他即将出版的第一册书法作品集的"序"。他要得很急，我进退两难。我没能爽快答应，理由简单，书法之道是个极其复杂的系统，以我对这门古老艺术的粗浅认识，不仅不能生动描述他作品的风貌风格，更无法对他的成绩做出合理评价。然而张勇健的事，我不好推脱。我不说，大家也都知道，张勇健是个肝胆的人。他不仅肝胆，而且经常肝胆得过了头，这个我不说，大家也都知道。但我还是忍不住要说一件事，有一年张勇健请一帮文友到他家过元宵。所谓过元宵，就是吃吃喝喝。张勇健准备了一大堆的食材，大家一起煮火锅。可坐下来不到二十分钟，锅里的汤底还没烧开，张勇健就因不停歇地跟朋友们干杯，先把自己灌醉了。——如此烈焰一般热情的朋友，我哪里忍心拒绝他？了解我的朋友都知道，那些盛气凌人、装腔作势，那些口蜜腹剑、阳奉阴违，我是从来不放在眼里的。唯独那真真切切的侠肝义胆,那草根江湖里汹涌澎湃的情谊,我历来不仅不躲,还要迎上去激情相拥。所以,我想了想,还是决定为张勇健,这个勇猛有力的硬汉写上几句话。

张勇健是个硬汉子,这个从他孔猛刚健的体格上可以看到。但是他此前三十多年近乎传奇的经历,并不为外界了解。张勇健十五岁入艺校,在著名的仙游鲤声剧团担任武生。十年后,他离开莆仙戏舞台,前往改革开放前沿城市厦门经商。不到三年,张勇健因生意惨败、债务缠身而遁去新加坡。其间,他做过搬运装卸、补灰打墙、钉制模板、粉刷油漆、焊接铝合金等一系列极其艰辛的苦工。三年后,张勇健"衣锦还乡"。之后,他进修医学,获得行医资格,在涵江石庭开办了一家诊所。

我把张勇健当成一个好朋友好兄弟,除了冷暖相知情义同怀,对他在书法爱好上的坚持,一直也怀有好感。张勇健少年始习字,之后从未放下手中的那杆笔。即便是在新加坡做苦工的艰苦日子里,他还在工地四面漏风的大棚里练字。他曾在新加坡书法大赛中获奖,但因为是"黑人"身份,不敢前往领奖。张勇健告诉过我,他偷偷跑去展厅门口看获奖名单,一遍一遍地看,心里难过极了。当时他就发愿,等有一天过上好日子了,一定要好好写字,要站在一个大大的舞台上,倾听台下四起的掌声。

张勇健后来过上了安定平稳的日子，他为自己定制了一张大书案，在一个一百多平米的书斋里习字。但是说实在的，对他在书法道路上到底能走多远，我是抱有怀疑的。我喜欢张勇健的性格，欣赏他急吼吼的行事作风，也宽谅他偶尔的偏见和失察。然而，这样一种硬汉武生的做派，和书法这门艺术所需要的静气，多少是有一些冲突的。也许这是我的偏见，我虽然喜欢书法，略懂一点书道，但对于书法漫长而深邃的历史，并无深入的了解。我只是感性地认为，所谓书法，应该是思接古风、缓慢递进的，是曲径通幽、心有妙契的，是心平气和、悠然自得的。

基于这样一种隐忧，当2011年张勇健跟我说他要前往中国书协李双阳导师工作室进修时，我第一时间给予了热情支持。李双阳先生是国内著名书家，一直坚持"二王"的书道正轨。然而，野径转正途，无矩归法度，毕竟隔着的还是千山万水，张勇健去江苏跟李双阳，我支持是支持，但并未有多大期望。没想到两年之后，张勇健获得了神启一般的开窍。他在艰辛岁月里练就的苦行僧劲头，深受李双阳老师褒扬。2013年入夏以后，一系列国内展事对张勇健新作的肯定，终于让我曾经有过的隐忧得以宽释。第七届全国新人新作展，张勇健一件草书入选，提名评委是中国书协副主席言恭达先生。在网络上看到这个消息，我为之宽慰一笑。

张勇健要我为他作序的那个晚上，我问，你要我写些什么？他说，随便都可以。我呵呵一笑。在旁的另一位书法爱好者说，按孙过庭的书论写，我们都是按孙过庭的书论练习的。我又呵呵一笑。我一定不会抄出古人的一段话套在张勇健身上，我也不想在这篇文字里用上那些大而无当、华而不实的文辞。张勇健的艺术成就，应该让言恭达先生、李双阳先生他们去评价。张勇健的好戏刚刚开头，我只想做一个安静而有耐心的观众。硬汉做文事，看似有冲突。武生唱文戏，或有大格局。张勇健是个有传奇色彩的人，他一定会创造出更多的传奇给我们看。

随着一系列奖项的获得，张勇健申请加入了中国书法家协会，成为所在地区参政议政的政协委员。他的名气将越来越大，追捧他的收藏家和字画商会越来越多，他会因这项特长而获得财富上的一些收获，甚至会被一些有地位、有影响力的人待为座上宾。到那个时候，我真心盼望张勇健还能像过去那样热诚、肝胆，葆有草根气息。一阵热闹之后，我更想看到的是，他能安静地坐下，无声地书写，平淡无奇地生活，然后，渐渐把那些渴盼多年的掌声和喝彩看淡。

以上闲散话语，如果张勇健愿意，且与他共勉。

# 即兴，不判断
## ——2014读书小记

《即兴判断》是木心的短文薄册，这一年随身带着，到哪都想翻翻。"即兴判断"是木心美学选择的率性，有一天我忽然想到，其实，只要是"即兴"，"不判断"也罢。

刚才翻了翻广西师范大学出版社的这套木心作品集的版权页，颇有点意外，这书居然是2006年出版的。也就是说，这套十三薄册的木心，我居然反反复复读了八九年？"这样不好。不这样更不好"，这是木心的口头禅，此处引用，不是戏拟，算是讨巧。是的，我想说的是，这些年来，木心散文几乎是我的至爱。今年时间多心思却散，刚好可以断断续续再读木心。温故知新谈不上，倒是更坚定了"温故知故"：《哥伦比亚的倒影》自不待言，体例上完美，老头难得认认真真写了一册"散文"；其中《竹秀》《空山》二则，清丽得让人迷醉；《哥伦比亚的倒影》《童年随之而去》等篇，也让人寂寞得遇见谁都不想说话。更钟情的可能还是《即兴判断》《素履之往》《琼美卡随想录》三册短文集，句句如俳句如绝句，句句动人，勾人，惊人。汉语里怎么会有"绝句"这么精彩的一个词语呢。此外，虽无意于做所谓的"木心迷"，但是上下两册超一千页的《1989—1994文学回忆录·木心讲述》，今年早些时候还是翻了一遍。有尚未翻完的同道问感受，我跃跃然说，想去大学做讲师！这话自是戏言，然则也终于明白了，只有讲得出这一千页古今中外文学卓识的那个老"雅皮"，才能写出这满纸孤傲的漂亮句子呀。

重读木心之外，这一年最让人愉悦的不是别人，而是角落里的"洪都百炼生"。木心没有提到他，木心的《文学回忆录》只谈到十八世纪的中国，曹雪芹是他心目中中国文学英雄榜的最后一位。找出刘鹗（笔名洪都百炼生）的《老残游记》，源于某天浏览鲁迅的《中国小说史略》，这本书靠后处，鲁迅用了不少笔墨评说这册一百余页仅二十回的小书，"历来小说，皆揭赃官之恶。有揭清官之恶者，自《老残游记》始也"。鲁迅目光犀利，他瞧得上眼的不会有假。然而用不到一周的时间读完《老残游记》，真正吸引我的并不是"攻击官吏亦多"的所谓批判性，而是鲁迅一笔带过的"历记其言论闻见，叙景状物，时有可观"的那些"可观"之处，其中第一回的海上救险、第二回的美人绝调和第十回的山中雅集，堪称妙笔。

可能是因为年岁渐长开始恋旧，这一年我把更多的时间留给了旧书。《重刊兴化府志》1399页，比一块砖头还厚，一直就搁在我喝茶的几案上。这本志书算是莆田文史界最权威的工具书，此前几年，为了写作一个与莆田风物有关的散文系列，我对这本书的部分内容做过用心的研读。现在，我更喜欢漫读，就是在随手翻翻的时候，我读到了陈俊卿的性格："幼庄重，不苟言笑。父死，执丧如成人。"这么硬气，难怪后来会说出"地瘦栽松柏，家贫子读书"这么铿锵有力的话语。而莆田另一位名相龚茂良又恰恰是个重感情的人，"父母丧，哀号擗踊，邻不忍闻"。读志书让人"慷慨怀古"之余，时获雅趣，我尤其喜欢其中对动植物品类的记载，如"蚺蛇"一目有这样的介绍："相传开肋取胆，复缝合而放之，仍活，他日见捕者，辄自侧身露疮求免……"《兴化府志》里这样有灵性的文字太多了。

《重刊兴化府志》是福建人民出版社出版的，近年来，该社重刊了不少地方文献，跟莆田有关的有蔡襄等人的《荔枝谱》，我的散文《陈紫方红宋家香》，灵感即来自这册老文献。我还买到一本清代进士涂庆澜编辑的《莆阳文选》，在和书画家朋友饮茶闲聊时，我没少提醒他们，别动不动就写"厚德载物""见贤思齐"那么无聊的条幅，买本《莆阳文选》，写写历代先贤题咏家乡的风物诗文多好。林金松先生在世时,我曾邀约他选编过《"玉箫吹起故园心"——莆阳先贤家乡风物百咏》,这一百首诗发表在《莆田乡讯》上,不知是否有人关注。这个系列还有一册明代姚旅写的《露书》,那真是一本奇异至极的好书,夏天的时候,我翻了一遍,其中有关莆田方言、秦淮风流和各地志异的篇章好玩极了。印象最深的是,书里有载,洪洞有人养独脚鬼,专门偷稻谷,有的人家养了很多只获利。这独脚鬼厉害,但就是怕人家骂,一骂就乖乖把稻谷送回去了。此间奇篇秘籍、诡怪荒渺种种,不逊《酉阳杂俎》一类。姚旅,明代商人,涵江人氏。我在涵江生活了二十年,至今筑巢于此。曾动念写本《涵江笔记》,学姚旅,类《露书》,向古人的浪漫心灵致敬。然而写了个开头就作罢了,如今时代昌明,家家不愁吃不愁穿的,独脚鬼可爱是可爱,但终究是没人养了。

说到有趣和可爱,今年读到的《我们这儿是精神病院》相当有趣且可爱。这是一本随笔,作者是诗人小安,成都某精神病院护士,这本书写的是"疯子和护士们幼稚园般的生活"。读完大笑,可惜很快就读完了,也可惜自己不在那个幼稚园里。

诗人多有跨界的好本事。前一阵在山西作家玄武打造的微信公众号"小众"上,读到诗人钟鸣关于历史和文化的一个八万字访谈,读罢折服。著名书法家朱以撒先生也算是跨界能手，大名常居散文刊物头条。其实，他写得最好的文字不是生活散文，而是有关书法的随笔。以撒先生曾赠我一册《书法百说》，今年入秋细读了一遍，颇有所得。其中"思接古风""且静坐""法如律""心有妙契"等章节，让人掩卷沉思。

今年大半时间都在读旧书，我没有提到国外名家和国内新出炉的热门长篇，不知为什么，也许是心境变化，也许是艺术感觉钝化，无论是去年没读完今年继续读的门罗的《逃离》，还是刚刚获得首届路遥文学奖的阎真的《活着之上》，总是不能带给我木心、刘鹗、姚旅一般的妙趣和启发。

天冷了，忽然想念夏天去世的林金松先生和上个月突然辞世的席扬教授。金松先生出过一本散文集《坐看云起》，他的散文，尤其是《坐看云起》之后发在报端的那些忆旧短章，叙"握手已违"之琐事，有"脱帽看诗"之疏狂。福建师大文学院席扬先生是国内现当代文学的名教授，其论著《选择与重构——新时期文学价值论》《知识分子心路历程——中国现代散文名家新论》系学界重要成就。但是很遗憾，我去书架上找二位亡友的著作，竟然一本都没找到。这让我略略感到了不安。

# "老虎会游泳吗?"
## ——黄志雄《妙应禅师传》印象

黄志雄做了一件了不起的事,《国欢文矩——妙应禅师传》(中国文联出版社,2012年12月出版)的特别之处在于,作者为一个近乎于传说的人物造像立传。从只言片语的佛教经典和涣散流布的民间文学入手,借由多年积累的对莆阳传统文化和佛学禅理的理解,黄志雄调动文学的虚构力量,重建时代环境,恢复历史现场,创设文学情境,借佛问佛,借禅参禅,终于让一位一千年前的高僧在他的笔下现出了清晰庄严的法相。

二十二万字的《妙应禅师传》的第一句是,"公元911年,我的33世祖黄滔从福州退休返还莆田。那年,他已经72岁了"。首句追叙色彩浓重,由此奠定了整本书舒展、悠长的基调。"我"的出现,预示了作者本人将不断出现在文本的重要节点,他将和族中先人、佛道高人以及俗世凡心不时相遇、对晤恳谈、碰撞砥砺。而以"闽中文章初祖"黄滔为引子,导向同族堂叔黄文矩对他的"开智",一部厚重的传记由此缓缓展开,可谓角度精巧,"由头"诱人。

轻松而优雅的"引子"之后,黄志雄用半部书顺叙了黄文矩向佛悟道的奇妙一生。第一章到第十章,完整地叙写了传主从出生、向佛、习禅、剃度、参谒、受教到示真、悟道的传奇历程。这是一条纵线,后半部从第十一章到第十八章,作者选择了横线,集中叙写妙应禅师得道之后教化、堪舆、预言等方面的奇行异事。第十九章交代妙应身后预言的实现,第二十章以历代文人诗句映衬囊山寺千年兴衰。最后这两章宛如一个活扣,把前面的横线和纵线绾在一起,留下了一个漂亮的佛家"卍"字结。

引子和最后一章,本书的开头和结尾,都引用了黄滔著名的《游囊山》诗。"不知遗谶地,一一落谁家"一句,显然是全书文眼,追寻、追问、追溯,始终是整本书紧紧抓住的要旨。

黄滔作引,显然也意味着作者将在为妙应造像的同时,解读莆阳黄氏望族的文化奇观和个人选择,追溯一个儒学为本的家族缘何会出现"兄弟高僧"这样的异数。王顺镇先生在为本书所作的推荐语里,准确地总结了这种写法的价值:"本书通过莆阳黄氏家族的人才流向,浓缩了儒道释三家文化在唐末五代时期此消彼长的现象,再现了士大夫'宁为高僧,不为将相'

的时代风貌。"

这是一本以高僧为主人公的传记,艰深的佛典佛史和晦涩的禅宗公案是作者和读者都绕不过去的"障"。我们从前言、后记和作者近期接受媒体采访的回答中了解到,为了这本书的写作,黄志雄不仅披阅大量典籍、遍访周遭方家,而且从初稿到最终出版,在"佛禅入传"这个重要环节,做了诸多调整,其目的在于,让读者更顺畅地进入文本,共同体验"即心即佛"的禅宗真谛。调低了这个阅读门槛的同时,我们从书中参禅问道的情节可以看到,黄志雄精心设置了各种生动的生活细节,将公案置于某种合理的语境,不打诳语,不为公案而公案,只为传主"由心造境","本自天然,不假雕琢"。作家杨金远为本书做推荐语,"这是我读过的最好的一部描写禅师的作品。作者将深奥的佛学禅学融入了生活的细节,再现唐末禅师风貌……"尽可能地让佛禅通俗化,不是写作中的"降格以求",相反,作为一位同行,我认为这是文学的必然要求。文本内部的均衡、和谐和自洽,始终是检验一本书是否成熟的基本标准。然则,这是一部与佛禅有关的厚重之作,它本来就迥异于时下畅销的各类明星传、领袖传,我佛只度有心人,"随便翻翻"的浮躁轻慢,本来就不在作者的期许范围。

我是在年过不惑、心向本土之际,与《妙应禅师传》相遇的。此前，我发愿为莆阳撰写系列文化散文；之后，亦有若干文字见诸报端；最近，我为自己主编的一份小报组稿，邀约黄志雄撰写与莆阳黄氏家族文化相关的一篇长文。得此机缘，我们有过较为深入的交谈。以此种种积累准备，参之对《妙应禅师传》的阅读，我深深地为黄志雄在本土文化领域所下的功夫折服。《妙应禅师传》不仅为妙应作传，不仅梳理莆阳黄氏家族文化脉络，不仅引佛禅入文，且对莆阳本土诸多以讹传讹、似已定论的"公共文史知识"，有过深入考察、缜密论证和大胆辩诬。《妙应禅师传》所及多种，异于常见俗识，每有新论洞见，值得推广，以惠通识。

为追寻一个传说中的人物，背负上了对一个地方佛教史、禅宗史、公共文化史的研究重任，黄志雄似乎用力过猛、举轻若重了。然而，如果不这样披荆斩棘，于乱林中寻幽探秘，如果不这样终期尽物，在细沙里淘金觅宝，如何描摹得出高僧之所以为高僧的法相庄严？

在这部融合了史料考证、佛禅释义、小说叙事、散文抒怀等多种手法的长篇传记里，作者显然寄托了一份写作雄心，他要把这本书写得像"金菠罗花"。"金菠罗花"是南传佛教的圣花，作者怀有这种写作心志，一方面表达了参禅问佛的善愿，另一方面，也为自己预设了一种文体结构上的难度。"本书在结构形式上就与一般的传记有着本质的不同,她不再是一条直达目的地的高速路,倒像一条九曲十八弯的溪流,虽然岔路很多,弯弯曲曲,但在每个弯曲之处都旋转出了美丽的涟漪。这些涟漪就是……高僧大德手中的'金菠罗花'。连接这一连串菠罗花的金线,便是本书的传主。"(《妙应禅师传》前言)

有难度的写作历来为我钦佩,为此我愿意为黄志雄这本了不起的传记击掌叫好。

我喜欢整本书最后一段的诗意,在囊山小路上,一位女童唱出了《游囊山》诗,"女童忽然停止跳动,转身对我问道:'叔叔,老虎会游泳吗?'"——二十二万字的《妙应禅师传》在此戛然而止。"老虎会游泳吗?"这像一个黄志雄随口说出的禅宗话头,留待一位位有缘的读者参究开悟。

# 尽天下之大观而无憾
## ——萧春雷《中国掌纹》系列印象

2003年夏天，我随福建省文学院青年作家采风团去萧春雷老家闽北溜达。活动结束后，同行的《海峡都市报》文化编辑谭雪芳煽动我们俩在她那里做一个文化对谈。那时我年轻，正是才情迸发的年纪，觉得福建写散文唯一跟我有一比的仅萧春雷一人，棋逢对手，天地作枰，正好可手谈对弈一番。等到真正跟萧春雷对起话来，我才发现，与他在闽北小城泰宁十年闭关治学的功力比，我就像是一个小沙弥。而他那些精彩的句子集结起来，俨然就是萧氏长老的"传灯语录"。

那次闽北采风，萧春雷刚从泰宁净身出户去《厦门晚报》任副刊编辑，日子过得远比闽北热闹，但似乎大不如小地方从容。那个《答问录》里的最后两个问题，我问得刁蛮。一问，这次你从闽北出走厦门，是基于一种怎样的选择？他答，在老家呆久了，我觉得自己快要变成一棵树了。我再问，写都市的须一瓜的成功对写乡土、迷恋传统的你有触动吗？须一瓜和萧春雷一样是从三明到《厦门晚报》的，其时她的小说已经连珠炮一样在国内文学大刊发表，而我惺惺相惜的萧春雷，在厦门却是居无定所。在这个问题前，萧春雷当时一定咯噔了一下，最后他是这样回答的：蛇有蛇道，鼠有鼠道。

十三年后，萧春雷端出了"中国掌纹"人文地理散文三件套：《自然骨魄》、《大地栖居》和《华夏边城》（中信出版集团，2016年10月出版）。此事发端于2009年，当时受《华夏地理》《中国国家地理》杂志之邀，对乡土和传统抱有强烈好奇心的萧春雷撰写了数篇福建本土文化散文，一时坊间盛誉如潮，约稿不断。"可我真的要成为一位专职写作人文地理散文的作家吗，哪怕是王牌作者？"萧春雷有过短暂的踟蹰。萧春雷其实一直是以传统概念上的纯文学作家自居的，尽管到厦门才短短几年，他已经在诗人、散文家、小说家之外，又增加了艺评家的身份，出版的各类文集也超过了十种，但他念兹在兹的仍是什么时候能出本个人散文自选集。作为好友，我还知道，他更想写的是，离开泰宁之前已经发表且博得满堂喝彩的《雷余的诅咒》那样的小说。然而，扎实的文史功底，强烈的探寻热望，终于让他不可抑制的才华挣破了所谓纯文学的束缚。他摆脱了同代作家的矜持与自闭，告别虚构与想象，独自一人，走出书斋，走出八闽，走向了辽阔中国的山山水水。文学照亮了文献的暗影，文史拨开了历史的迷雾，地理廓清了文明的肌理，萧春雷以非凡的眼界和笔力，开辟出了一种全新的文化散文写法。

春雷姓"萧"，而非"肖"。此萧非彼肖，雅俗大不同。谁要是把他的姓写成"肖"，春雷一定会提醒乃至抗议。不仅仅是为了强调自己姓氏的古雅，他是在敬重这个文明古国日渐含糊断裂的种族谱系和文化基因。哪怕是一个词，一片瓦，一座废墟，一个消失的地名，一段闪烁明灭的山河记忆，一处破碎文明的盲点，若有机缘相遇，萧春雷都要竭尽全力去指认他们的前路和去处。正是带着如此较真的文化执念，十年以往，萧春雷读万卷书，行万里路，终成"中国掌纹"系列。真正的文学，从来不在热闹啸聚的欢场，十年云游，沉淀成册，第一个关注到他这路写作的著名文学评论家谢有顺先生作此评价："当代中国有文化散文、历史散文、乡土散文，但很少有写得好的地理散文。萧春雷的人文地理写作，极大地丰富了当代文学中的空间意识。这种独具深度的写作，有着驳杂的知识记忆和精神亮色，而比知识更吸引我们的，是萧春雷飞扬的才情、感受和思索，以及优雅、考究的汉语之美。"

萧春雷在这套文集的"后记"中引苏辙《上枢密韩太尉书》句述怀："过秦汉之故都，恣观终南、嵩、华之高，北顾黄河之奔流,慨然想见古之豪杰。至京师,仰观天子宫阙之壮,与仓廪府库城池苑囿之富且大也,而后知天下之巨丽。"这样的文字读之令人血脉偾张,直欲从座椅上跳起,破窗随他而去,"观贤人之光耀,闻一言以自壮,然后可以尽天下之大观而无憾者矣!"

# "后千百世待知音"
## ——侯体健《刘克庄的文学世界》读后

读到一本好书,急着拿出来分享:《刘克庄的文学世界——晚宋文学生态的一种考察》,侯体健著,复旦大学出版社2013年3月出版。

两年前出版的书现在才读到,是有点滞后,但已属幸运。与这本书相遇,说来也是机缘。去年国庆节在厦门,认识了南宋和张云良二位书友,他们都是超级书迷,南宋是作家,云良是书评家,他们和谢泳、萧春雷、羚羊等教授、作家、记者组成了一个书友会,不定期雅集,交换新书资讯,交流读书心得,送迎外地作家学者,在鹭岛形成了一个氛围极好的文化沙龙。南宋和云良皆为莆人后代,会说莆田话,对故乡有一份特别的深情。那次与南宋和云良的竟夜晤谈,给我留下了美好的印象。今年春天,南宋去鲁迅文学院进修,从北京发微信朋友圈,报告买到了《刘克庄的文学世界》,说是在书店站着读了"绪论",

感觉极好。我在微信上嘱他多购几册，惜乎他已离开书店。南宋爱逛书店，可此后他逛遍京城大小书店，再也不遇后村先生。我不甘心，托景行书屋的小潘帮忙在网上找，小潘报告说已全部售罄。南宋回厦后，我多次向他催借此书，他一直拖着不给。我理解他那嗜书如命的文人习气，好不容易等到上个月，南宋终于说要寄书来了，刚好云良来了消息，说他已在孔夫子旧书网买到了两本。

  我从未如此急切地盼过一本书。南宋博知，又多次在微信上宣传，此书不由让人翘望。近年来愈发爱翻地方志书，虽不似文史界同侪有瓣香乡贤、张扬乡声之良愿，对莆田独异地缘文化的好奇，却也一日不曾消减。然志书毕竟局限，一般是只见成论，未现来路。加之莆田非资讯灵通地带，读史读出困惑之际，时常因找不到可信的人来指点迷津而憋闷抓狂。比如刘克庄，以文学成就论，千百世来，莆田士子能在当朝立名并居国家文学谱系重要一环的，恐怕仅此一人。然而遗憾的是，至今莆田当地并无一册刘克庄的人物传记或学术论著。我的挚友林金松先生曾有过撰写刘克庄传记的愿望，可惜他未动笔人已渺。市社科联的郭世平先生与我闲聊，省社科联有编撰出版《刘克庄传》的计划，随着金松先生的去世，他正发愁：到底要约谁来完成这项莆田文化不可或缺的项目？

如今转念一想，我们其实都进入了一种思维的误区：刘克庄既然是晚宋声名垂世的"文宗"，是整个国家古典文学待挖掘的富矿，他的传记和论著，为什么非得要由莆田作家和学者来完成？

显然，我们的视野是局限的，在《刘克庄的文学世界》出版之前，近代以来，有关刘克庄的研究，一直在中国古典文学界乃至日韩汉学界进行着。在宋代文学研究领域，刘克庄研究并非冷门，其间出版发表的论著论文，数量已然可观。

如此说来，这本《刘克庄的文学世界》又因何值得我如此感奋？著名教授胡明先生二十多年前有关刘克庄研究的一次讲话，似乎可以用来作我感奋的注脚："尚没有使一个历史上完整的刘克庄从他自己的作品上活起来，未能使我们清晰地看出那样的一个时代，那样一种社会政治的形势下诗人文人的思想行为的动态轨迹。历来似乎只有半个刘克庄——积极入世、饱含忧患意识的刘克庄的亮相和表态，这其实亦可以说是二三十年来古典文学研究的一种流行病。"

完整的刘克庄到底是副什么模样？《刘克庄的文学世界》一书做了正面的揭示。"自笑此翁迂阔甚，后千百世待知音"，刘克庄生前曾如此自况，只是晚年心绪复杂的后村先生不可能料到，这个后千百世出现的知音，让他"从自己的作品上活起来的人"，五年前完成此书时，只是个年仅28岁的后生。《刘克庄的文学世界》书上印着作者简介：侯体健，1982年生，湖南永兴人，2010年1月毕业于复旦大学中文系，师从王水照教授，获文学博士学位，现为复旦大学中文系古典文学讲师。

《刘克庄的文学世界》是侯体健的博士论文。关于这本书，他的导师王水照先生有此评价：该书"吸收了当前学界的最新研究成果，关注到相邻学科的前沿与热点，从'晚宋文学生态'的大背景入手，展开对刘克庄周围世界与环境的多方面、多角度的探讨和研究，凸现出刘克庄文学世界构成中的时代的、政治的、社会的、文化的复杂因素或基础，这在研究理念和方法上是一个重大的突破，在刘克庄和晚宋文学研究中可谓独辟蹊径、别具手眼。该书的研究框架和目录设置，也别出心裁，在同类著作中较为少见，是个案研究模式的新探索"。简单说来，这本书的写作思路是，从重现文学生态的角度观照个案研究，以文化为切入口审视文学问题。其基本办法是，以刘克庄历史世界与文本世界为两条光束，互相映照，互相透视，结成经纬之网，呈现刘克庄复杂而多元的文学表现，并对其诗、词、赋、文等艺术价值做出新的，甚至与前辈不同的评价。

这自然是一件难事。刘克庄一生宦海浮沉，长寿而多产，作品丰赡繁富，这本书不是止步于评价其艺术特色的泛泛而谈，而是要逐步恢复历史现场，复活主人公文学面相，让其眉目清晰起来，让其才情流动起来，以前以文解文的老办法，显然是行不通的。功夫要从笨处来，侯体健在本科学习期间已经对刘克庄情有独钟，之后陆续有相关论文发表，确立博士论文选题后，他将大量的时间花在了200卷本刘克庄诗文集的细读上。正是从对文本的条分缕析中，侯体健逐渐勾勒出了刘克庄的文学世界。这样的功课仅仅只算一半，王水照教授说，此书"吸收了当前学界的最新研究成果"，此处"吸收"不是简单的引用，更多是批判地接受，且不说具体观点的碰撞与梳理如何激烈进行，光是接触且深究的其他学人的论文论著，书后附录的《参考文献》就列出了18页近400种。刘克庄曾言"吾文谁道难施用，后有中郎赏断碑"，这个"赏断碑"的"中郎"是侯体健吗？

应该把该书与众不同的结构列出来：

绪言/综述与反思：百年来刘克庄研究的洞见与未见

解题与理路：历史图景与作家个体的互阐互释

综论/作为背景的晚宋与作为代表的刘克庄

第一章/地域和家族：莆田文化与地方精英

第二章/江湖和魏阙：身份转换与文学活动

第三章/政争和出处：文化性格与文学生成

第四章/学术和创作：各有其域与多层互动

第五章/刻书和编集：文学新变与作品传播

结束语/刘克庄的文学世界与晚宋文学生态

此外，我还想提及的是，侯体健尚未来过莆田，这个可爱的年轻博士在《后记》中说，他曾用谷歌地图在网络上"游览"莆田，对照陈垣先生的《二十史朔闰表》，查出刘克庄属"处女座"，也曾向莆田朋友打听莆田方言、荔枝、壶公山等的情况，还托莆籍同窗吴伯雄博士特地拍下"水村游钓"的石碑……他说，这样做与论题无关，或许可看成"自己总想回到宋代与刘克庄对话的一种隐喻"。

这段话让我感动不已。我托吴伯雄博士带话，将来若有机缘，一定要请侯博士来莆田，我要陪他去看徐潭，看乌石山，看他书里提到的刘克庄遗迹——如果那些地方还在的话。

# 踱步：三种，或者更多

## ——关于黄清水小说《追戏》的一些探讨

《追戏》是黄清水发表的第二篇小说，两万五千字，八个小节，七个人物，时间跨度七年。有争执，有误会，有冲突，有和解，有回望，有向往，有停滞，有变化，很显然，黄清水试图让这篇小说变得复杂起来。他甚至开始学习"戏中戏""戏外戏"的结构办法，同时，努力把故事发生的原点推到了更为久远的知青插队年代。这是黄清水的一次突破，既显现了他挑战叙事难度的雄心，也显现了一位小说新人从自发走向自觉的意识和能力。

单线叙事、直扑主题始终是小说写作的大忌，任何有抱负的作者，没有谁不想方设法让自己笔下的故事和主旨变得复杂起来。其实我要说的是丰富，但是在黄清水这样的年龄，丰富的前提必须是复杂。丰富未必一定要复杂，简洁也可以折射暗喻丰富，比如海明威，比如卡佛。韩东是离我们最近的典范，他是一位节制的高手，同时也是复杂和丰富的魔法师。这当然需要更高级的才华，对于学徒期的黄清水来说，已经超出了他自我训练的大纲。实际上，就是在简简单单写好一个故事这件事上，黄清水都曾经深陷盲动和迷茫之中而难以自拔。三年前一个偶然的机会，经由朋友辗转介绍，黄清水带着二三十万字的小说习作来到我的跟前。我用好几天的时间通读了他的这些早期习作，之后斟词酌句写了一封电子邮件给他，就最基本的叙事视角、内在节奏、真实感、合理性、完成度等，提出了一些建议。为了让这位在懵懂状态中打转的年轻人不至于丧失信心，我几乎是在没话找话地让那封电子邮件变得长起来。我始终没有直接说出对他那些习作的不满意，也许这是我作为长辈应该把握的分寸，也许隐隐之间，我还是对他怀有期待。我为他开了一些书单，但又担心那些经典短时间内对他作用不大。黄清水似乎察觉到了我貌似客气背后的严厉，此后他只发来一篇短篇新作《马赛克》，我看完回复了，仍然是意见多于肯定。再之后，他不再发来新作请我"指教"。有时偶尔想起这位不善言辞的青年，我暗地里有了"他终于放弃了"的释然和"他怎么不写了"的遗憾。究竟是释然多于遗憾，还是遗憾多于释然，一时也难以说清。前年夏天《福建文学》在沙县举办新人研修班，我手头刚好有一个名额，犹豫了一下，最后还是给了他。

八个月以后，《福建文学》"新锐"栏目发表了他在这个研修班提交的一篇短篇《滤镜》，还配发了向迅和陈培浩的推荐语。这篇《滤镜》就是我之前看过的《马赛克》，在编辑的辅导下，语言比之前简洁了一些，节奏也加快了，但是整体还是偏于简单。我一边赞叹《福建文学》在培养新人方面的热切，一边又感叹一个小地方业余作者缓慢成长的艰辛。再一年，黄清水拿出了中篇《追戏》，我那心头的郁结多少舒解了些。我想到了略萨在《致一位青年小说家》里的一句话："才华依然是个难以确定的题目，依然是个起因不详的因素。"

我们具体来看看《追戏》到底在追什么：丁丁是一位十二岁的乡村单亲女孩，莆仙戏演员天鸣酷似旧照片里她莫名失踪的父亲，丁丁对天鸣产生了好奇和依赖；六年后，丁丁放弃上大学的机会，一路追到天鸣身边学习莆仙戏。这是小说的第一节和第二节前半部分，算是开局，占到整篇小说的三分之一。后面的三分之二篇幅里，作者安排丁丁一头撞进了天鸣的家庭，目睹了天鸣反复失败的爱情和无力处理的亲情。丁丁似乎理解了父辈们爱情和人生的不易，通过戏台上和天鸣合作传统莆仙戏《王魁与桂英》，她终于摆脱了以天鸣为替身的恋父情结，走下戏台，回归现实，完成了对父母的理解和宽谅。"戏如人生，人生如戏"，以戏入文，构建如梦如幻的艺术氛围，形成互文、映照和双向比喻，远的有李碧华的《霸王别姬》、毕飞宇的《青衣》，近的有滕肖澜的《姹紫嫣红开遍》、哲贵的《仙境》。无论从作品的完成度，美学的浸润感，还是从人物的疯魔程度、主旨的独特幽微等多种角度比对，《追戏》当然不能与这些佳作相提并论。然而我不认为这是黄清水对这些前辈的简单模仿，就像莆仙戏虽不如京剧、越剧、昆剧声名响腾，但自有其别致独特的艺术亮色，《追戏》里粗粝的乡村生活图景、懵懂的少女成长过程，不仅融有黄清水这代人的自传投影，同时饱含南方琐碎、纷繁的时代气息。小说开局部分丁丁与天鸣日光下、月夜里的交谈，中间部分有关莆仙戏表演艺术的具体描摹，高潮部分"桂英"对"王魁"爱恨难分的"绞杀"，尤其让人印象深刻。我丝毫没有刻意拔高这篇作品的意图，但是相对于目下不少青年作者将小说越写越玄、越写越小的某种倾向，黄清水努力将民间艺术与少年成长融为一体的探索，尤显可贵，值得肯定。

莆仙戏虽然是地方小戏，但是自成一体，常有异响。所谓自成一体，正是指其有着严格的唱腔、动作程式。就像丁丁学戏要经过严格的科介训练一样，小说写作虽无定律，但同样需要在一些基本音律上进行"石狮压鼓"（《追戏》里莆仙戏乐班定音的一种技巧）。为此，我想就一些叙事上的细节与黄清水商榷。

——《追戏》表面上采用的是第三人称叙事，俗称"上帝视角"，但是还暗含了一个丁丁个人角度的"内视角"。在经典作家那里，"一种说不清是内部还是外部视角的小说"，实际上是离现代小说最近的叙事手段。黄清水直觉地认识到了这种叙事视角的必要，他的丁丁需要这样的视角来完成对父母往事、对父爱缺失的追问、追溯和追寻。在小说的开头部分，这个视角有过与"天鸣视角"交杂的混乱，随着小说的展开，这个问题自然解决了，我们看到小说的开局部分、高潮部分显得相对从容而顺畅。然而在中间部分，特别是五六七三节天鸣母亲出场片段，随着情节的剧烈发展，叙事视角变得摇摆不定，小说节奏随之匆急慌乱，捉襟见肘、力有不逮处时或可见。在这里，我想提醒的是：如果我们不能给予小说一些出人意料的妙造，那就应该老老实实给它一个统一的视角。这是现实主义长盛不衰的秘诀，说是老生常谈也不为过。

——"丁丁视角"之内，此类叙事显然不够讲究："之后，丁丁兀自仰望木箱子上的他，咫尺之间就像隔了千山万水。""她小心翼翼坐在门口的石墩上，斜靠在墙壁上，戏台只剩下几根孤零零的柱子，像荒芜的沙漠中多出了几根刺，她看着碍眼，又觉得有一种缺失的美。"毋庸赘言，"咫尺之间""千山万水""荒芜的沙漠""缺失的美",显然不在12岁南方孩子的经验范畴。合理性、说服力始终是小说的要务,就像小说中所言,"蹀步有三种,粗、中、细。对应不同身份的古代女人"。在精益求精的小说家笔下,有时蹀步甚至不应该只有三种。

——那张父亲的旧照片被母亲撕碎了,后来母亲突然又拿出来一张。我想强调的是细节的准确度和虚构的信服力,好小说从来都不允许如此随意和草率。毕飞宇新近在《关于小说阅读的十一条建议》里提到的一个观点:"一篇小说的内部,有它完整的运行系统,没有一个部分是真正独立的。写过小说的人一定同意这样一种说法。"这里显然还涉及"呼应"的问题,缝纫法里的"暗扣",围棋学里的"引征"、契诃夫"墙壁上的枪",说的是同一个道理。"布线行针"是个好成语,用来形容对小说细节的营造和统筹,最合适不过。

——天鸣是否需要那么复杂的情感关系?丁丁是否需要一头扎进别人如此复杂的家庭而获得成长的启蒙?我想说的是,小说的丰富往往并不一定需要依赖复杂的事件,相反,我更喜欢开局部分丁丁忧郁的眼神以及她和天鸣有一搭没一搭的对话。丁丁无论是与成人世界和解还是实现自己内心的蜕变,需要的不是过度复杂的故事,而是故事刚好能够助推、孵化她的心理渐变。我这样说,应该不是在吹毛求疵,在关于小说的讨论中,

"卯榫契合""浑然天成"一向是作家同行们的共同追求。

很抱歉我没能对黄清水给予过多的褒扬,这是因为我一直认为,只有早熟的诗人,没有早熟的小说家。"任何大作家、任何令人钦佩的小说家,一开始都是练笔的学徒,他们的才能是在恒心加信心的基础上逐渐孕育出来的。"这话是略萨说的,我引之与青年们共勉。